鲁迅—著

花边文学

四川人民出版社

图书在版编目（CIP）数据

花边文学/鲁迅著. —成都：四川人民出版社，2020.7（2021.10重印）
（鲁迅文集精选）
ISBN 978-7-220-11879-1

Ⅰ.①花… Ⅱ.①鲁… Ⅲ.①鲁迅杂文-杂文集　Ⅳ.①I210.4

中国版本图书馆CIP数据核字（2020）第097132号

LUXUN WENJI JINGXUAN HUA BIAN WEN XUE
鲁迅文集精选：花边文学
鲁　迅　著

责任编辑	张　丹
封面设计	象上设计
内文设计	戴雨虹
责任校对	舒晓利
责任印制	祝　健

出版发行	四川人民出版社（成都槐树街2号）
网　　址	http://www.scpph.com
E-mail	scrmcbs@sina.com
新浪微博	@四川人民出版社
微信公众号	四川人民出版社
发行部业务电话	（028）86259624　86259453
防盗版举报电话	（028）86259624
照　　排	四川胜翔数码印务设计有限公司
印　　刷	成都兴怡包装装潢有限公司
成品尺寸	145mm×208mm
印　　张	5.75
字　　数	105千
版　　次	2020年7月第1版
印　　次	2021年10月第4次印刷
书　　号	ISBN 978-7-220-11879-1
定　　价	368.00元（全10册）

■版权所有·侵权必究

本书若出现印装质量问题，请与我社发行部联系调换
电话：（028）86259453

青年们先可以将中国变成一个有声的中国。大胆地说话，勇敢地进行，忘掉了一切利害，推开了古人，将自己的真心的话发表出来。

本书在编辑出版中,尽可能保留了原版本的惯用字、通假字和标点用法;人名、地名亦保留作者原译法。

中国需要鲁迅（代序）

王富仁

> 越是在一个躁动混乱的时代
> 越需要一个沉静倔强的灵魂

关于鲁迅，我已经说过太多的话，至今仍然有许多话想说。我现在最想说的话是什么呢？我现在最想说的话就是：中国需要鲁迅、中国仍然需要鲁迅、中国现在比过去更加需要鲁迅。

鲁迅那个时代，是中国积贫、积弱、随时都有可能沦为外国帝国主义的殖民地的时代。当时的先进知识分子，为了救国救民，提出了许多政治主张，影响最大的，有两大类：其一是晚清洋务派官僚的富国强兵的主张，其二是改良派和革命派革新政治制度的主张。唯独青年鲁迅，对这两派的政治主张都表示了异议，另外提出了"立人"的主张，并且用"掊物质而张灵明，任个人而排众数"两句话概括了它的含义。直至现在，鲁迅的立人思想已经少有人提，即使讲鲁迅"立人"思想的，也鲜有人重视鲁迅概括其含义的这两句话。实际上，不论是晚清洋务派的富国强兵的主张，还是改良派、革命派革新政治制度的主张，着眼点都在国家物质整体形式的变化，并且完全取决于政府官僚和少数精英知识分子。但是，当时中国是四亿五千万人的大国，政府官僚和精英知识分子最多也只有几万、几十万，那么，剩下的那四亿四千多万的民众就与中国现当代历史的发展无关了吗？就只能消极地跟着这些政府官僚和少数精英知识分子跑了吗？这些政府官僚和少数精英知识分子就一定能够将他们带到幸福光明的地方去吗？如果万一没有将他们带到那样的地方去，怎么办呢？当然，我们对当时那些先进知识分子的主观动机是不能怀疑的，但他们不是一两个人，谁能保证其中的每一个人都是百分之百地为了救国救民，而不会将国家的权力和财富据为己有呢？我认为，只要意识到这一点，我们就不难理解，为什么青年鲁迅并不满足于当时洋务派富国强兵的计划和改良派、革命派革新政治制度的政治主张，而另外强调"立人"的重要性了。

从国家整体的角度，一是要富强，一是要民主，除此之外好像什么都不重要了，但从个人的角度，就不同了。一个人要活着，当然也得有物质的条件，但只有物质的条件，还是远远不够的，《红楼梦》中荣、宁两大家人家，仅就物质的生活，可谓已极尽豪华奢侈之能事，但到头来，反倒是刘姥姥比他们过得更有些滋味，因为她到底还是靠着自己的那点聪明才智撑持着自己一家的生活，也理所当然地得到自己儿子和媳妇的一份真诚的爱心的。我们当代的中国人，当然不能满足当一个刘姥姥了。但其中的道理还是相通的：幸福是心灵内部的，而不是心灵外部的；是精神的，而不是物质的。并且是个人对个人生命的体验，得有点主见，得有点个人的意识和个人做人的尊严，光随大流是不行的，光人云亦云是不行的，更莫提巧取豪夺、趋炎附势、吹牛拍马、骄奢淫逸了。人，还是有人性的，有无人性，是只有自己最清楚的。在表面上，只有物质的才是最真实的，只有真金白银和个人权势才是最真实的，但在人的精神感受中，真实的却不是那些东西，而是爱和自由，物质的东西只有成为爱和自由的保障的时候，对于人才是有真实的价值的。一句话，要立人。要人成为一个人，成为有个性、有人性的人，就不能痴迷物质的东西，就要重视精神的东西；就不要受别人、受多数人的束缚，就要重视个人体验中的东西，重视个人与其他多数人不同的东西，发挥其他人无法发挥的作用。在这个愈来愈密集的现当代社会中，如果全国人都抢一样东西，就把这个世界抢乱了、抢翻了，抢到最后，还不是人吃人？

　　我之所以说我们现在仍然需要鲁迅、我们现在比过去更加需要鲁迅,是因为经过一个多世纪的努力,我们中国似乎确实已经成了一个"崛起的大国",晚清官僚提出的"富国强兵"的政治目标基本实现,虽然在政治上还要推进民主化的进程,但既然已经有了这么多从英美留学归国的精英知识分子都在关心着这件事,按理说,也应该不是一个多么高不可攀的事情。但中国现实社会的人的精神面貌却依然不是那么令人惬意的。我们富了、强了,政治民主的意识加强了,但我们的"幸福的指数"反倒降低了,患精神忧郁症的人似乎比鲁迅那个时候还要多,一些根本令人不可思议的怪现象几乎天天发生。这是为什么呢?这不恰恰证明了我们在精神上出了问题吗?

怎么办呢?我认为,我们20岁以上的中国人,在读完《论语》之后,不妨再抽上一个月的时间读一遍《鲁迅全集》,或许不是一点益处也没有的。

(本文作者王富仁系北京师范大学教授、博士生导师,汕头大学文学院终身教授。本文选自中国鲁迅研究名家精选集书系之《中国需要鲁迅》。)

目　录

《伪自由书》 …………………………………… 001
　　前　记 …………………………………… 003
　　观　斗 …………………………………… 007
　　崇　实 …………………………………… 009
　　电的利弊 ………………………………… 011
　　赌　咒 …………………………………… 013
　　从讽刺到幽默 …………………………… 014
　　推背图 …………………………………… 016
　　中国人的生命圈 ………………………… 018
　　言论自由的界限 ………………………… 020
　　大观园的人才 …………………………… 022
　　天上地下 ………………………………… 024

《准风月谈》 …… 027

前　记 …… 029
夜　颂 …… 032
"吃白相饭" …… 034
中国的奇想 …… 036
"中国文坛的悲观" …… 038
秋夜纪游 …… 040
爬和撞 …… 042
登龙术拾遗 …… 044
男人的进化 …… 046
礼 …… 049
吃　教 …… 051
喝　茶 …… 053

《花边文学》 …… 055

序　言 …… 057
女人未必多说谎 …… 061
批评家的批评家 …… 063
北人与南人 …… 065
古人并不纯厚 …… 067
朋　友 …… 069

清明时节 …………………………………… 071
读几本书 …………………………………… 073
一思而行 …………………………………… 075
偶　感 ……………………………………… 077
倒　提 ……………………………………… 079
玩　具 ……………………………………… 081
未来的光荣 ………………………………… 083
算　账 ……………………………………… 085
看书琐记 …………………………………… 087
奇　怪 ……………………………………… 093
汉字和拉丁化 ……………………………… 100
"莎士比亚" ………………………………… 103
中秋二愿 …………………………………… 105
考场三丑 …………………………………… 107
骂杀与捧杀 ………………………………… 109

《三闲集》 ………………………………… 111
　序　言 …………………………………… 113
　无声的中国
　　——二月十六日在香港青年会讲 …… 118
　吊与贺 …………………………………… 124

"醉眼"中的朦胧 …………………………………… 127

扁 ………………………………………………………… 134

太平歌诀 ………………………………………………… 136

铲共大观 ………………………………………………… 138

革命咖啡店 ……………………………………………… 141

现今的新文学的概观

——五月二十二日在燕京大学国文学会讲 …… 144

流氓的变迁 ……………………………………………… 150

书籍和财色 ……………………………………………… 152

我和《语丝》的始终 …………………………………… 154

鲁迅年谱 ………………………………………………… 164

《伪自由书》

前　记

　　这一本小书里的，是从本年一月底起至五月中旬为止的寄给《申报》上的《自由谈》的杂感。

　　我到上海以后，日报是看的，却从来没有投过稿，也没有想到过，并且也没有注意过日报的文艺栏，所以也不知道《申报》在什么时候开始有了《自由谈》，《自由谈》里是怎样的文字。大约是去年的年底罢，偶然遇见郁达夫先生，他告诉我说，《自由谈》的编辑新换了黎烈文先生了，但他才从法国回来，人地生疏，怕一时集不起稿子，要我去投几回稿。我就漫应之曰：那是可以的。

　　对于达夫先生的嘱咐，我是常常"漫应之曰：那是可以的"的。直白的说罢，我一向很回避创造社里的人物。这也不只因为历来特别的攻击我，甚而至于施行人身攻击的缘故，大半倒在他们的一副"创造"脸。虽然他们之中，后来有的化为隐士，有的化为富翁，有的化为实践的革命者，有的也化为奸细，而在"创造"这一面大纛之下的时候，却总是神气十足，好像连出汗打嚏，也全是"创造"似的。我和达夫先生见面得最早，脸上也看不出那么一种创造气，所以相遇之际，就随便谈谈；对于文学的意见，我们恐怕是不能一致的罢，然而所谈的大抵是空话。但这样的就熟识了，我有时要求他写一篇文章，他一定如约寄来，则他希望我做一点东西，我当然应该漫应曰可以。但应而至于"漫"，我已经懒散得多了。

但从此我就看看《自由谈》，不过仍然没有投稿。不久，听到了一个传闻，说《自由谈》的编辑者为了忙于事务，连他夫人的临蓐也不暇照管，送在医院里，她独自死掉了。几天之后，我偶然在《自由谈》里看见一篇文章，其中说的是每日使婴儿看看遗照，给他知道曾有这样一个孕育了他的母亲。我立刻省悟了这就是黎烈文先生的作品，拿起笔，想做一篇反对的文章，因为我向来的意见，是以为倘有慈母，或是幸福，然若生而失母，却也并非完全的不幸，他也许倒成为更加勇猛，更无挂碍的男儿的。但是也没有竟做，改为给《自由谈》的投稿了，这就是这本书里的第一篇《崇实》；又因为我旧日的笔名有时不能通用，便改题了"何家干"，有时也用"干"或"丁萌"。

这些短评，有的由于个人的感触，有的则出于时事的刺载,但意思都极平常,说话也往往很晦涩,我知道《自由谈》并非同人杂志,"自由"更当然不过是一句反话,我决不想在这上面去驰骋的。我之所以投稿,一是为了朋友的交情,一则在给寂寞者以呐喊,也还是由于自己的老脾气。然而我的坏处,是在论时事不留面子,砭锢弊常取类型,而后者尤与时宜不合。盖写类型者,于坏处,恰如病理学上的图,假如是疮疽,则这图便是一切某疮某疽的标本,或和某甲的疮有些相象,或和某乙的疽有点相同。而见者不察,以为所画的只是他某甲的疮,无端侮辱,于是就必欲制你画者的死命了。例如我先前的论叭儿狗,原也泛无实指,都是自觉其有叭儿性的人们自来承认的。这要制死命的方法,是不论文章的是非,而先问作者是那一个;也就是别的不管,只要向作者施行人身攻击了。自然,其中也并不全是含愤的病人,有的倒是代打不平的侠客。总之,这种战术,是陈源教授的"鲁迅即教育部佥事周树人"开其端,事隔十年,大家早经忘却了,这回是王平陵先生告发于前,周木斋先生揭露于后,都是做着关于作者本身的文章,或则牵连而至于左翼文学者。此外为我所看见的还有好几篇,也都附在我的本文之后,以见上海有些所谓文学家的笔战,是怎样的东西,和我的短评本身,有什么关系。但另有几篇,是因为我的感想由此而起,特地并存以便读者的参考的。

我的投稿,平均每月八九篇,但到五月初,竟接连的不能发表了,我想,这是因为其时讳言时事而我的文字却常不免涉及时事的缘故。这禁止的是官方检查员,还是报馆总编辑呢,我不知道,也无须知道。现在便将那些都归在这一本里,其实是我所指摘,现在都已由事实来证明的了,我那时不过说得略早几天而已。是为序。

　　　　　一九三三年七月十九夜,于上海寓庐,鲁迅记

观　斗

我们中国人总喜欢说自己爱和平，但其实，是爱斗争的，爱看别的东西斗争，也爱看自己们斗争。

最普通的是斗鸡，斗蟋蟀，南方有斗黄头鸟，斗画眉鸟，北方有斗鹌鹑，一群闲人们围着呆看，还因此赌输赢。古时候有斗鱼，现在变把戏的会使跳蚤打架。看今年的《东方杂志》，才知道金华又有斗牛，不过和西班牙却两样的，西班牙是人和牛斗，我们是使牛和牛斗。

任他们斗争着，自己不与斗，只是看。

军阀们只管自己斗争着，人民不与闻，只是看。

然而军阀们也不是自己亲身在斗争，是使兵士们相斗争，所以频年恶战，而头儿个个终于是好好的，忽而误会消释了，忽而杯酒言欢了，忽而共同御侮了，忽而立誓报国了，忽而……。不消说，忽而自然不免又打起来了。

然而人民一任他们玩把戏,只是看。

但我们的斗士,只有对于外敌却是两样的:近的,是"不抵抗",远的,是"负弩前驱"云。

"不抵抗"在字面上已经说得明明白白。"负弩前驱"呢,弩机的制度早已失传了,必须待考古学家研究出来,制造起来,然后能够负,然后能够前驱。

还是留着国产的兵士和现买的军火,自己斗争下去罢。中国的人口多得很,暂时总有一些子遗在看着的。但自然,倘要这样,则对于外敌,就一定非"爱和平"不可。

一九三三年一月二十四日

崇　实

事实常没有字面这么好看。

例如这《自由谈》，其实是不自由的，现在叫作《自由谈》，总算我们是这么自由地在这里谈着。

又例如这回北平的迁移古物和不准大学生逃难，发令的有道理，批评的也有道理，不过这都是些字面，并不是精髓。

倘说，因为古物古得很，有一无二，所以是宝贝，应该赶快搬走的罢。这诚然也说得通的。但我们也没有两个北平，而且那地方也比一切现存的古物还要古。禹是一条虫，那时的话我们且不谈罢，至于商、周时代，这地方却确是已经有了的。为什么倒撇下不管，单搬古物呢？说一句老实话，那就是并非因为古物的"古"，倒是为了它在失掉北平之后，还可以随身带着，随时卖出铜钱来。

大学生虽然是"中坚分子"，然而没有市价，假使欧美的市场上值到五百美金一名口,也一定会装了箱子,用专车和古物一同运出北平,在租界上外国银行的保险柜子里藏起来的。

但大学生却多而新,惜哉!

费话不如少说,只剥崔颢《黄鹤楼》诗以吊之,曰——

  阔人已骑文化去,此地空余文化城。

  文化一去不复返,古城千载冷清清。

  专车队队前门站,晦气重重大学生。

  日薄榆关何处抗,烟花场上没人惊。

一九三三年一月三十一日

电的利弊

日本幕府时代，曾大杀基督教徒，刑罚很凶，但不准发表，世无知者。到近几年，乃出版当时的文献不少。曾见《切利支丹殉教记》，其中记有拷问教徒的情形，或牵到温泉旁边，用热汤浇身；或周围生火，慢慢的烤炙，这本是"火刑"，但主管者却将火移远，改死刑为虐杀了。

中国还有更残酷的。唐人说部中曾有记载，一县官拷问犯人，四周用火遥焙，口渴，就给他喝酱醋，这是比日本更进一步的办法。现在官厅拷问嫌疑犯，有用辣椒煎汁灌入鼻孔去的，似乎就是唐朝遗下的方法，或则是古今英雄，所见略同。曾见一个囚在反省院里的青年的信，说先前身受此刑，苦痛不堪，辣汁流入肺脏及心，已成不治之症，即释放亦不免于死云云。此人是陆军学生，不明内脏构造，其实倒挂灌鼻，可以由气管流入肺中，引起致死之病，却不能进入心中，大约当时因在苦楚中,知觉瞀乱,遂疑为已到心脏了。

但现在之所谓文明人所造的刑具,残酷又超出于此种方法万万。上海有电刑,一上,即遍身痛楚欲裂,遂昏去,少顷又醒,则又受刑。闻曾有连受七八次者,即幸而免死,亦从此牙齿皆摇动,神经亦变钝,不能复原。前年纪念爱迪生,许多人赞颂电报、电话之有利于人,却没有想到同是一电,而有人得到这样的大害,福人用电气疗病,美容,而被压迫者却以此受苦,丧命也。

外国用火药制造子弹御敌,中国却用它做爆竹敬神;外国用罗盘针航海,中国却用它看风水;外国用鸦片医病,中国却拿来当饭吃。同是一种东西,而中外用法之不同有如此,盖不但电气而已。

一九三三年一月三十一日

赌 咒

"天诛地灭，男盗女娼"——是中国人赌咒的经典，几乎象诗云子曰一样。现在的宣誓，"誓杀敌，誓死抵抗，誓……"似乎不用这种成语了。

但是，赌咒的实质还是一样，总之是信不得。他明知道天不见得来诛他，地也不见得来灭他，现在连人参都"科学化地"含起电气来了，难道"天地"还不科学化么！至于男盗和女娼，那是非但无害，而且有益：男盗——可以多刮几层地皮，女娼——可以多弄几个"裙带官儿"的位置。

我的老朋友说：你这个"盗"和"娼"的解释都不是古义。我回答说——你知道现在是什么时代！现在是盗也摩登，娼也摩登，所以赌咒也摩登，变成宣誓了。

一九三三年二月九日

从讽刺到幽默

讽刺家,是危险的。

假使他所讽刺的是不识字者,被杀戮者,被囚禁者,被压迫者罢,那很好,正可给读他文章的所谓有教育的智识者嘻嘻一笑,更觉得自己的勇敢和高明。然而现今的讽刺家之所以为讽刺家,却正在讽刺这一流所谓有教育的智识者社会。

因为所讽刺的是这一流社会,其中的各分子便各各觉得好像刺着了自己,就一个个的暗暗的迎出来,又用了他们的讽刺,想来刺死这讽刺者。

最先是说他冷嘲,渐渐的又七嘴八舌的说他谩骂,俏皮话,刻毒,可恶,学匪,绍兴师爷,等等,等等。然而讽刺社会的讽刺,却往往仍然会"悠久得惊人"的,即使捧出了做过和尚的洋人或专办了小报来打击,也还是没有效,这怎不气死人也么哥呢!

枢纽是在这里：他所讽刺的是社会，社会不变，这讽刺就跟着存在，而你所刺的是他个人，他的讽刺倘存在，你的讽刺就落空了。

所以，要打倒这样的可恶的讽刺家，只好来改变社会。

然而社会讽刺家究竟是危险的，尤其是在有些"文学家"明明暗暗的成了"王之爪牙"的时代。人们谁高兴做"文字狱"中的主角呢，但倘不死绝，肚子里总还有半口闷气，要借着笑的幌子，哈哈的吐他出来。笑笑既不至于得罪别人，现在的法律上也尚无国民必须哭丧着脸的规定，并非"非法"，盖可断言的。

我想：这便是去年以来，文字上流行了"幽默"的原因，但其中单是"为笑笑而笑笑"的自然也不少。

然而这情形恐怕是过不长久的，"幽默"既非国产，中国人也不是长于"幽默"的人民，而现在又实在是难以幽默的时候。于是虽幽默也就免不了改变样子了，非倾于对社会的讽刺，即堕入传统的"说笑话"和"讨便宜"。

一九三三年三月二日

推背图

我这里所用的"推背"的意思,是说:从反面来推测未来的情形。

上月的《自由谈》里,就有一篇《正面文章反看法》,这是令人毛骨悚然的文字。因为得到这一个结论的时候,先前一定经过许多苦楚的经验,见过许多可怜的牺牲。本草家提起笔来,写道:砒霜,大毒。字不过四个,但他却确切知道了这东西曾经毒死过若干性命的了。

里巷间有一个笑话:某甲将银子三十两埋在地里面,怕人知道,就在上面竖一块木板,写道:"此地无银三十两。"隔壁的阿二因此却将这掘去了,也怕人发觉,就在木板的那一面添上一句道,"隔壁阿二勿曾偷。"这就是在教人"正面文章反看法"。

但我们日日所见的文章,却不能这么简单。有明说要做,其实不做的；有明说不做，其实要做的；有明说做这样，其实做那样的；有其实自己要这么做，倒说别人要这么做的；有一声不响，而其实倒做了的。然而也有说这样，竟这样的。难就在这地方。

例如近几天报章上记载着的要闻罢：

一、××军在××血战，杀敌××××人。

二、××谈话：决不与日本直接交涉，仍然不改初衷，抵抗到底。

三、芳泽来华，据云系私人事件。

四、共党联日，该伪中央已派干部××赴日接洽。

五、××××……

倘使都当反面文章看，可就太骇人了。但报上也有"莫干山路草棚船百余只大火"，"××××廉价只有四天了"等大概无须"推背"的记载，于是乎我们就又胡涂起来。

听说，《推背图》本是灵验的，某朝某帝怕他淆惑人心，就添了些假造的在里面，因此弄得不能豫知了，必待事实证明之后，人们这才恍然大悟。

我们也只好等着看事实，幸而大概是不很久的，总出不了今年。

一九三三年四月二日

中国人的生命圈

"蝼蚁尚知贪生",中国百姓向来自称"蚁民",我为暂时保全自己的生命计,时常留心着比较安全的处所,除英雄豪杰之外,想必不至于讥笑我的罢。

不过,我对于正面的记载,是不大相信的,往往用一种另外的看法。例如罢,报上说,北平正在设备防空,我见了并不觉得可靠;但一看见载着古物的南运,却立刻感到古城的危机,并且由这古物的行踪,推测中国乐土的所在。

现在,一批一批的古物,都集中到上海来了,可见最安全的地方,到底也还是上海的租界上。

然而,房租是一定要贵起来的了。

这在"蚁民",也是一个大打击,所以还得想想另外的地方。

想来想去,想到了一个"生命圈"。这就是说,既非"腹地",也非"边疆",是介乎两者之间,正如一个环子,一个圈子的所在,在这里倒或者也可以"苟延性命于×世"的。

"边疆"上是飞机抛炸弹。据日本报,说是在剿灭"兵匪";据中国报,说是屠戮了人民,村落市廛,一片瓦砾。"腹地"里也是飞机抛炸弹。据上海报,说是在剿灭"共匪",他们被炸得一塌胡涂;"共匪"的报上怎么说呢,我们可不知道。但总而言之,边疆上是炸,炸,炸;腹地里也是炸,炸,炸。虽然一面是别人炸,一面是自己炸,炸手不同,而被炸则一。只有在这两者之间的,只要炸弹不要误行落下来,倒还有可免"血肉横飞"的希望,所以我名之曰"中国人的生命圈"。

再从外面炸进来,这"生命圈"便收缩而为"生命线";再炸进来,大家便都逃进那炸好了的"腹地"里面去,这"生命圈"便完结而为"生命○"。

其实,这预感是大家都有的,只要看这一年来,文章上不大见有"我中国地大物博,人口众多"的套话了,便是一个证据。而有一位先生,还在演说上自己说中国人是"弱小民族"哩。

但这一番话,阔人们是不以为然的,因为他们不但有飞机,还有他们的"外国"!

一九三三年四月十日

言论自由的界限

看《红楼梦》,觉得贾府上是言论颇不自由的地方。焦大以奴才的身分,仗着酒醉,从主子骂起,直到别的一切奴才,说只有两个石狮子干净。结果怎样呢?结果是主子深恶,奴才痛嫉,给他塞了一嘴马粪。

其实是,焦大的骂,并非要打倒贾府,倒是要贾府好,不过说主奴如此,贾府就要弄不下去罢了。然而得到的报酬是马粪。所以这焦大,实在是贾府的屈原,假使他能做文章,我想,恐怕也会有一篇《离骚》之类。

三年前的新月社诸君子,不幸和焦大有了相类的境遇。他们引经据典,对于党国有了一点微词,虽然引的大抵是英国经典,但何尝有丝毫不利于党国的恶意,不过说:"老爷,人家的衣服多么干净,您老人家的可有些儿脏,应该洗它一洗"罢了。不料"荃不察余之中情兮",来了一嘴的马粪:国报同声致讨，连《新月》杂志也遭殃。但新月社究竟是文人学士的团体，这时就也来了一大堆引据三民主义，辨明心迹的"离骚经"。现在好了，吐出马粪，换塞甜头，有的顾问，有的教授，有的秘书，有的大学院长，言论自由，《新月》也满是所谓"为文艺的文艺"了。

这就是文人学士究竟比不识字的奴才聪明，党国究竟比贾府高明，现在究竟比乾隆时候光明：三明主义。

然而竟还有人在嚷着要求言论自由。世界上没有这许多甜头，我想，该是明白的罢，这误解，大约是在没有悟到现在的言论自由，只以能够表示主人的宽宏大度的说些"老爷，你的衣服……"为限，而还想说开去。

这是断乎不行的。前一种，是和《新月》受难时代不同，现在好像已有的了，这《自由谈》也就是一个证据，虽然有时还有几位拿着马粪，前来探头探脑的英雄。至于想说开去，那就足以破坏言论自由的保障。要知道现在虽比先前光明，但也比先前利害，一说开去，是连性命都要送掉的。即使有了言论自由的明令，也千万大意不得。这我是亲眼见过好几回的，非"卖老"也，不自觉其做奴才之君子，幸想一想而垂鉴焉。

一九三三年四月十七日

大观园的人才

早些年,大观园里的压轴戏是刘老老骂山门。那是要老旦出场的,老气横秋地大"放"一通,直到裤子后穿而后止。当时指着手无寸铁或者已被缴械的人大喊"杀,杀,杀!"那呼声是多么雄壮。所以它——男角扮的老婆子,也可以算得一个人才。

而今时世大不同了,手里拿刀,而嘴里却需要"自由,自由,自由","开放××"云云。压轴戏要换了。

于是人才辈出,各有巧妙不同,出场的不是老旦,却是花旦了,而且这不是平常的花旦,而是海派戏广告上所说的"玩笑旦"。这是一种特殊的人物,他(她)要会媚笑,又要会撒泼,要会打情骂俏,又要会油腔滑调。总之,这是花旦而兼小丑的角色。不知道是时世造英雄(说"美人"要妥当些),还是美人儿多年阅历的结果?

美人儿而说"多年",自然是阅人多矣的徐娘了,她早已从窑姐儿升任了老鸨婆;然而她丰韵犹存,虽在卖人,还兼自卖。自卖容易,而卖人就难些。现在不但有手无寸铁的人,而且有了……况且又遇见了太露骨的强奸。要会应付这种非常之变,就非有非常之才不可。你想想:现在的压轴戏是要似战似和,又战又和,不降不守,亦降亦守!这是多么难做的戏。没有半推半就假作娇痴的手段是做不好的。孟夫子说,"以天下与人易。"其实,能够简单地双手捧着"天下"去"与人",倒也不为难了。问题就在于不能如此。所以要一把眼泪一把鼻涕,哭哭啼啼,而又刁声浪气的诉苦说:我不入火坑,谁入火坑。

然而娼妓说她自己落在火坑里,还是想人家去救她出来;而老鸨婆哭火坑,却未必有人相信她,何况她已经申明:她是敞开了怀抱,准备把一切人都拖进火坑的。虽然,这新鲜压轴戏的玩笑却开得不差,不是非常之才,就是挖空了心思也想不出的。

老旦进场,玩笑旦出场,大观园的人才着实不少!

一九三三年四月二十四日

天上地下

中国现在有两种炸,一种是炸进去,一种是炸进来。

炸进去之一例曰:"日内除飞机往匪区轰炸外,无战事,三四两队,七日晨迄申,更番成队飞宜黄以西崇仁以南掷百二十磅弹两三百枚,凡匪足资屏蔽处炸毁几平,使匪无从休养。……"(五月十日《申报》南昌专电)

炸进来之一例曰:"今晨六时,敌机炸蓟县,死民十余,又密云今遭敌轰四次,每次二架,投弹盈百,损害正详查中。……"(同日《大晚报》北平电)

应了这运会而生的,是上海小学生的买飞机,和北平小学生的挖地洞。

这也是对于"非安内无以攘外"或"安内急于攘外"的题目,做出来的两股好文章。

住在租界里的人们是有福的。但试闭目一想,想得广大一些，就会觉得内是官兵在天上，"共匪"和"匪化"了的百姓在地下，外是敌军在天上，没有"匪化"了的百姓在地下。"损害正详查中"，而太平之区，却造起了宝塔。释迦出世，一手指天，一手指地曰："天上地下，惟我独尊！"此之谓也。

但又试闭目一想，想得久远一些，可就遇着难题目了。假如炸进去慢，炸进来快，两种飞机遇着了，又怎么办呢？停止了"安内"，回转头来"迎头痛击"呢，还是仍然只管自己炸进去，一任他跟着炸进来，一前一后，同炸"匪区"，待到炸清了，然后再"攘"他们出去呢？……

不过这只是讲笑话，事实是决不会弄到这地步的。即使弄到这地步，也没有什么难解决：外洋养病，名山拜佛，这就完结了。

五月十六日

记得末尾的三句，原稿是："外洋养病，背脊生疮，名山上拜佛，小便里有糖，这就完结了。"

十九夜补记

《准风月谈》

前　记

自从中华民国建国二十有二年五月二十五日《自由谈》的编者刊出了"吁请海内文豪，从兹多谈风月"的启事以来，很使老牌风月文豪摇头晃脑的高兴了一大阵，讲冷话的也有，说俏皮话的也有，连只会做"文探"的叭儿们也翘起了它尊贵的尾巴。但有趣的是谈风云的人，风月也谈得，谈风月就谈风月罢，虽然仍旧不能正如尊意。

想从一个题目限制了作家，其实是不能够的。假如出一个"学而时习之"的试题，叫遗少和车夫来做八股，那做法就决定不一样。自然，车夫做的文章可以说是不通，是胡说，但这不通或胡说，就打破了遗少们的一统天下。古话里也有过：柳下惠看见糖水，说"可以养老"，盗跖见了，却道可以粘门闩。他们是弟兄，所见的又是同一的东西，想到的用法却有这么天差地远。"月白风清，如此良夜何？"好的，凤雅之至，举手赞成。但同是涉及风月的"月黑杀人夜,风高放火天"呢,这不明明是一联古诗么?

我的谈风月也终于谈出了乱子来,不过也并非为了主张"杀人放火"。其实,以为"多谈风月",就是"莫谈国事"的意思,是误解的。"漫谈国事"倒并不要紧,只是要"漫",发出去的箭石,不要正中了有些人物的鼻梁,因为这是他的武器,也是他的幌子。

从六月起的投稿,我就用种种的笔名了,一面固然为了省事,一面也省得有人骂读者们不管文字,只看作者的署名。然而这么一来,却又使一些看文字不用视觉,专靠嗅觉的"文学家"疑神疑鬼,而他们的嗅觉又没有和全体一同进化,至于看见一个新的作家的名字,就疑心是我的化名,对我呜呜不已,有时简直连读者都被他们闹得莫名其妙了。现在就将当时所用的笔名,仍旧留在每篇之下,算是负着应负的责任。

还有一点和先前的编法不同的,是将刊登时被删改的文字大概补上去了,而且旁加黑点,以清眉目。这删改,是出于编辑或总编辑,还是出于官派的检查员的呢,现在已经无从辨别,但推想起来,改点句子,去些讳忌,文章却还能连接的处所,大约是出于编辑的,而胡乱删削,不管文气的接不接,语意的完不完的,便是钦定的文章。

日本的刊物,也有禁忌,但被删之处,是留着空白,或加虚线，使读者能够知道的。中国的检查官却不许留空白，必须接起来，于是读者就看不见检查删削的痕迹，一切含胡和恍忽之点，都归在作者身上了。这一种办法，是比日本大有进步的，我现在提出来，以存中国文网史上极有价值的故实。

去年的整半年中，随时写一点，居然在不知不觉中又成一本了。当然，这不过是一些拉杂的文章，为"文学家"所不屑道。然而这样的文字，现在却也并不多，而且"拾荒"的人们，也还能从中检出东西来，我因此相信这书的暂时的生存，并且作为集印的缘故。

一九三四年三月十日，于上海记

夜　颂

爱夜的人,也不但是孤独者,有闲者,不能战斗者,怕光明者。

人的言行,在白天和在深夜,在日下和在灯前,常常显得两样。夜是造化所织的幽玄的天衣,普覆一切人,使他们温暖,安心,不知不觉的自己渐渐脱去人造的面具和衣裳,赤条条地裹在这无边际的黑絮似的大块里。

虽然是夜,但也有明暗。有微明,有昏暗,有伸手不见掌,有漆黑一团糟。爱夜的人要有听夜的耳朵和看夜的眼睛,自在暗中,看一切暗。君子们从电灯下走入暗室中,伸开了他的懒腰;爱侣们从月光下走进树阴里,突变了他的眼色。夜的降临,抹杀了一切文人学士们当光天化日之下,写在耀眼的白纸上的超然,混然,恍然,勃然,粲然的文章,只剩下乞怜,讨好,撒谎,骗人,吹牛,捣鬼的夜气,形成一个灿烂的金色的光圈,像见于佛画上面似的,笼罩在学识不凡的头脑上。

爱夜的人于是领受了夜所给与的光明。

高跟鞋的摩登女郎在马路边的电光灯下,阁阁的走得很起劲,但鼻尖也闪烁着一点油汗,在证明她是初学的时髦,假如长在明晃晃的照耀中,将使她碰着"没落"的命运。一大排关着的店铺的昏暗助她一臂之力,使她放缓开足的马力,吐一口气,这时之觉得沁人心脾的夜里的拂拂的凉风。

爱夜的人和摩登女郎,于是同时领受了夜所给与的恩惠。

一夜已尽,人们又小心翼翼的起来,出来了;便是夫妇们,面目和五六点钟之前也何其两样。从此就是热闹,喧嚣。而高墙后面,大厦中间,深闺里,黑狱里,客室里,秘密机关里,却依然弥漫着惊人的真的大黑暗。

现在的光天化日,熙来攘往,就是这黑暗的装饰,是人肉酱缸上的金盖,是鬼脸上的雪花膏。只有夜还算是诚实的。我爱夜,在夜间作《夜颂》。

一九三三年六月八日

"吃白相饭"

要将上海的所谓"白相",改作普通话,只好是"玩耍";至于"吃白相饭",那恐怕还是用文言译作"不务正业,游荡为生",对于外乡人可以比较的明白些。

游荡可以为生,是很奇怪的。然而在上海问一个男人,或向一个女人问她的丈夫的职业的时候,有时会遇到极直截的回答道:"吃白相饭的。"

听的也并不觉得奇怪,如同听到了说"教书","做工"一样。倘说是"没有什么职业",他倒会有些不放心了。

"吃白相饭"在上海是这么一种光明正大的职业。

我们在上海的报章上所看见的,几乎常是这些人物的功绩;没有他们,本埠新闻是决不会热闹的。但功绩虽多,归纳起来也不过是三段,只因为未必全用在一件事情上,所以看起来好像五花八门了。

第一段是欺骗。见贪人就用利诱，见孤愤的就装同情，见倒霉的则装慷慨，但见慷慨的却又会装悲苦，结果是席卷了对手的东西。

第二段是威压。如果欺骗无效，或者被人看穿了，就脸孔一翻，化为威吓，或者说人无礼，或者诬人不端，或者赖人欠钱，或者并不说什么缘故，而这也谓之"讲道理"，结果还是席卷了对手的东西。

第三段是溜走。用了上面的一段或兼用了两段而成功了，就一溜烟走掉，再也寻不出踪迹来。失败了，也是一溜烟走掉，再也寻不出踪迹来。事情闹得大一点，则离开本埠，避过了风头再出现。

有这样的职业，明明白白，然而人们是不以为奇的。

"白相"可以吃饭，劳动的自然就要饿肚，明明白白，然而人们也不以为奇。

但"吃白相饭"朋友倒自有其可敬的地方，因为他还直直落落的告诉人们说，"吃白相饭的！"

一九三三年六月二十六日

中国的奇想

外国人不知道中国,常说中国人是专重实际的。其实并不,我们中国人是最有奇想的人民。

无论古今,谁都知道,一个男人有许多女人,一味纵欲,后来是不但天天喝三鞭酒也无效,简直非"寿(?)终正寝"不可的。可是我们古人有一个大奇想,是靠了"御女",反可以成仙,例子是彭祖有多少女人而活到几百岁。这方法和炼金术一同流行过,古代书目上还剩着各种的书名。不过实际上大约还是到底不行罢,现在似乎再没有什么人们相信了,这对于喜欢渔色的英雄,真是不幸得很。

然而还有一种小奇想。那就是哼的一声,鼻孔里放出一道白光,无论路的远近,将仇人或敌人杀掉。白光可又回来了,摸不着是谁杀的,既然杀了人,又没有麻烦,多么舒适自在。这种本领,前年还有人想上武当山去寻求,直到去年,这才用大刀队来替代了这奇想的位置。现在是连大刀队的名声也寂寞了。对于爱国的英雄，也是十分不幸的。

然而我们新近又有了一个大奇想。那是一面救国，一面又可以发财，虽然各种彩票，近似赌博，而发财也不过是"希望"。不过这两种已经关联起来了却是真的。固然，世界上也有靠聚赌抽头来维持的摩那科王国，但就常理说，则赌博大概是小则败家，大则亡国；救国呢，却总不免有一点牺牲，至少，和发财之路总是相差很远的。然而发见了一致之点的是我们现在的中国，虽然还在试验的途中。

然而又还有一种小奇想。这回不用一道白光了，要用几回启事，几封匿名的信件，几篇化名的文章，使仇头落地，而血点一些也不会溅着自己的洋房和洋服。并且映带之下，使自己成名获利。这也还在试验的途中，不知道结果怎么样，但翻翻现成的文艺史，看不见半个这样的人物，那恐怕也还是枉用心机的。

狂赌救国，纵欲成仙，袖手杀敌，造谣买田，倘有人要编续《龙文鞭影》的，我以为不妨添上这四句。

一九三三年八月四日

"中国文坛的悲观"

文雅书生中也真有特别善于下泪的人物,说是因为近来中国文坛的混乱,好像军阀割据,便不禁"呜呼"起来了,但尤其痛心诬陷。

其实是作文"藏之名山"的时代一去,而有一个"坛",便不免有斗争,甚而至于漫骂,诬陷的。明末太远,不必提了;清朝的章实斋和袁子才,李莼客和赵㧑叔,就如水火之不可调和;再近些,则有《民报》和《新民丛报》之争,《新青年》派和某某派之争,也都非常猛烈。当初又何尝不使局外人摇头叹气呢,然而胜负一明,时代渐远,战血为雨露洗得干干净净,后人便以为先前的文坛是太平了。在外国也一样,我们现在大抵只知道嚣俄和霍普德曼是卓卓的文人,但当时他们的剧本开演的时候,就在戏场里捉人,打架,较详的文学史上,还载着打架之类的图。

所以，无论中外古今，文坛上是总归有些混乱，使文雅书生看得要"悲观"的。但也总归有许多所谓文人和文章也者一定灭亡，只有配存在者终于存在，以证明文坛也总归还是干净的处所。增加混乱的倒是有些悲观论者，不施考察，不加批判，但用"彼亦一是非，此亦一是非"的论调，将一切作者，诋为"一丘之貉"。这样子，扰乱是永远不会收场的。然而世间却并不都这样，一定会有明明白白的是非之别，我们试想一想，林琴南攻击文学革命的小说，为时并不久，现在那里去了？

只有近来的诬陷，倒像是颇为出色的花样，但其实也并不比古时候更厉害，证据是清初大兴文字之狱的遗闻。况且闹这样玩意的，其实并不完全是文人，十中之九，乃是挂了招牌，而无货色，只好化为黑店，出卖人肉馒头的小盗；即使其中偶然有曾经弄过笔墨的人，然而这时却正是露出原形，在告白他自己的没落，文坛决不因此混乱，倒是反而越加清楚，越加分明起来了。

历史决不倒退，文坛是无须悲观的。悲观的由来，是在置身事外不辨是非，而偏要关心于文坛，或者竟是自己坐在没落的营盘里。

一九三三年八月十日

秋夜纪游

秋已经来了,炎热也不比夏天小,当电灯替代了太阳的时候,我还是在马路上漫游。

危险?危险令人紧张,紧张令人觉到自己生命的力。在危险中漫游,是很好的。

租界也还有悠闲的处所,是住宅区。但中等华人的窟穴却是炎热的,吃食担,胡琴,麻将,留声机,垃圾桶,光着的身子和腿。相宜的是高等华人或无等洋人住处的门外,宽大的马路,碧绿的树,淡色的窗幔,凉风,月光,然而也有狗子叫。

我生长农村中,爱听狗子叫,深夜远吠,闻之神怡,古人之所谓"犬声如豹"者就是。倘或偶经生疏的村外,一声狂嗥,巨獒跃出,也给人一种紧张,如临战斗,非常有趣的。

但可惜在这里听到的是吧儿狗。它躲躲闪闪,叫得很脆:汪汪!

我不爱听这一种叫。

我一面漫步,一面发出冷笑,因为我明白了使它闭口的方法,是只要去和它主子的管门人说几句话,或者抛给它一根肉骨头。这两件我还能的,但是我不做。

它常常要汪汪。

我不爱听这一种叫。

我一面漫步,一面发出恶笑了,因为我手里拿着一粒石子,恶笑刚敛,就举手一掷,正中了它的鼻梁。

呜的一声,它不见了。我漫步着,漫步着,在少有的寂寞里。

秋已经来了,我还是漫步着。叫呢,也还是有的,然而更加躲躲闪闪了,声音也和先前不同,距离也隔得远了,连鼻子都看不见。

我不再冷笑,不再恶笑了,我漫步着,一面舒服的听着它那很脆的声音。

一九三三年八月十四日

爬和撞

从前梁实秋教授曾经说过：穷人总是要爬，往上爬，爬到富翁的地位。不但穷人，奴隶也是要爬的，有了爬得上的机会，连奴隶也会觉得自己是神仙，天下自然太平了。

虽然爬得上的很少，然而个个以为这正是他自己。这样自然都安分的去耕田，种地，拣大粪或是坐冷板凳，克勤克俭，背着苦恼的命运，和自然奋斗着，拼命的爬，爬，爬。可是爬的人那么多，而路只有一条，十分拥挤。老实的照着章程规规矩矩的爬，大都是爬不上去的。聪明人就会推，把别人推开，推倒，踏在脚底下，踹着他们的肩膀和头顶，爬上去了。大多数人却还只是爬，认定自己的冤家并不在上面，而只在旁边——是那些一同在爬的人。他们大都忍耐着一切，两脚两手都着地，一步步的挨上去又挤下来，挤下来又挨上去，没有休止的。

然而爬的人太多，爬得上的太少，失望也会渐渐的侵蚀善良的人心，至少，也会发生跪着的革命。于是爬之外，又发明了撞。

这是明知道你太辛苦了，想从地上站起来，所以在你的背后猛然的叫一声：撞罢。一个个发麻的腿还在抖着，就撞过去。这比爬要轻松得多，手也不必用力，膝盖也不必移动，只要横着身子，晃一晃，就撞过去。撞得就是五十万元大洋，妻，财，子，禄都有了。撞不好，至多不过跌一交，倒在地下。那又算得什么呢，——他原本是伏在地上的，他仍旧可以爬。何况有些人不过撞着玩罢了，根本就不怕跌交的。

爬是自古有之。例如从童生到状元，从小瘪三到康白度。撞却似乎是近代的发明。要考据起来，恐怕只有古时候"小姐抛彩球"有点像给人撞的办法。小姐的彩球将要抛下来的时候，——一个个想吃天鹅肉的男子汉仰着头，张着嘴，馋涎拖得几尺长……可惜，古人究竟呆笨，没有要这些男子汉拿出几个本钱来，否则，也一定可以收着几万万的。

爬得上的机会越少，愿意撞的人就越多，那些早已爬在上面的人们，就天天替你们制造撞的机会，叫你们化些小本钱，而预约着你们名利双收的神仙生活。所以撞得好的机会，虽然比爬得上的还要少得多，而大家都愿意来试试的。这样，爬了来撞，撞不着再爬……鞠躬尽瘁，死而后已。

一九三三年八月十六日

花边文学

登龙术拾遗

  章克标先生做过一部《文坛登龙术》，因为是预约的，而自己总是悠悠忽忽，竟失去了拜诵的幸运，只在《论语》上见过广告，解题和后记。但是，这真不知是那里来的"烟士披里纯"，解题的开头第一段，就有了绝妙的名文——

  "登龙是可以当作乘龙解的，于是登龙术便成了乘龙的技术，那是和骑马驾车相类似的东西了。但平常乘龙就是女婿的意思，文坛似非女性，也不致于会要招女婿，那么这样解释似乎也有引起别人误会的危险。……"

  确实，查看广告上的目录，并没有"做女婿"这一门，然而这却不能不说是"智者千虑"的一失，似乎该有一点增补才好，因为文坛虽然"不致于会要招女婿"，但女婿却是会要上文坛的。

术曰：要登文坛，须阔太太，遗产必需，官司莫怕。穷小子想爬上文坛去，有时虽然会侥幸，终究是很费力气的；做些随笔或茶话之类，或者也能够捞几文钱，但究竟随人俯仰。最好是有富岳家，有阔太太，用赔嫁钱，作文学资本，笑骂随他笑骂，恶作我自印之。"作品"一出，头衔自来，赘婿虽能被妇家所轻，但一登文坛，即声价十倍，太太也就高兴，不至于自打麻将，连眼梢也一动不动了，这就是"交相为用"。但其为文人也，又必须是唯美派，试看王尔德遗照，盘花钮扣，镶牙手杖，何等漂亮，人见犹怜，而况令阃。可惜他的太太不行，以至滥交顽童，穷死异国，假如有钱，何至于此。所以倘欲登龙，也要乘龙，"书中自有黄金屋"，早成古话，现在是"金中自有文学家"当令了。

但也可以从文坛上去做女婿。其术是时时留心，寻一个家里有些钱，而自己能写几句"阿呀呀，我悲哀呀"的女士，做文章登报，尊之为"女诗人"。待到看得她有了"知己之感"，就照电影上那样的屈一膝跪下，说道"我的生命呵，阿呀呀，我悲哀呀！"——则由登龙而乘龙，又由乘龙而更登龙，十分美满。然而富女诗人未必一定爱穷男文士，所以要有把握也很难，这一法，在这里只算是《登龙术拾遗》的附录，请勿轻用为幸。

一九三三年八月二十八日

男人的进化

说禽兽交合是恋爱未免有点亵渎。但是,禽兽也有性生活,那是不能否认的。它们在春情发动期,雌的和雄的碰在一起,难免"卿卿我我"的来一阵。固然,雌的有时候也会装腔做势,逃几步又回头看,还要叫几声,直到实行"同居之爱"为止。禽兽的种类虽然多,它们的"恋爱"方式虽然复杂,可是有一件事是没有疑问的:就是雄的不见得有什么特权。

人为万物之灵,首先就是男人的本领大。最初原是马马虎虎的,可是因为"知有母不知有父"的缘故,娘儿们曾经"统治"过一个时期,那时的祖老太太大概比后来的族长还要威风。后来不知怎的,女人就倒了霉:项颈上,手上,脚上,全都锁上了链条,扣上了圈儿,环儿,——虽则过了几千年这些圈儿环儿大都已经变成了金的银的,镶上了珍珠宝钻,然而这些项圈,镯子,戒指等等,到现在还是女奴的象征。既然女人成了奴隶，那就男人不必征求她的同意再去"爱"她了。古代部落之间的战争，结果俘虏会变成奴隶，女俘虏就会被强奸。那时候，大概春情发动期早就"取消"了，随时随地男主人都可以强奸女俘虏，女奴隶。现代强盗恶棍之流的不把女人当人，其实是大有酋长式武士道的遗风的。

但是，强奸的本领虽然已经是人比禽兽"进化"的一步，究竟还只是半开化。你想，女的哭哭啼啼，扭手扭脚，能有多大兴趣？自从金钱这宝贝出现之后，男人的进化就真的了不得了。天下的一切都可以买卖，性欲自然并非例外。男人化几个臭钱，就可以得到他在女人身上所要得到的东西。而且他可以给她说：我并非强奸你，这是你自愿的，你愿意拿几个钱，你就得如此这般，百依百顺，咱们是公平交易！蹂躏了她，还要她说一声"谢谢你，大少"。这是禽兽干得来的么？所以嫖妓是男人进化的颇高的阶段了。

同时，父母之命媒妁之言的旧式婚姻，却要比嫖妓更高明。这制度之下，男人得到永久的终身的活财产。当新妇被人放到新郎的床上的时候，她只有义务，她连讲价钱的自由也没有，何况恋爱。不管你爱不爱，在周公孔圣人的名义之下，你得从一而终，你得守贞操。男人可以随时使用她，而她却要遵守圣贤的礼教，即使"只在心里动了恶念，也要算犯奸淫"的。如果雄狗对雌狗用起这样巧妙而严厉的手段来，雌的一定要急得"跳墙"。然而人却只会跳井,当节妇,贞女,烈女去。礼教婚姻的进化意义,也就可想而知了。

至于男人会用"最科学的"学说,使得女人虽无礼教,也能心甘情愿地从一而终,而且深信性欲是"兽欲",不应当作为恋爱的基本条件;因此发明"科学的贞操",——那当然是文明进化的顶点了。

呜呼,人——男人——之所以异于禽兽者!

自注:这篇文章是卫道的文章。

一九三三年九月三日

礼

看报,是有益的,虽然有时也沉闷。例如罢,中国是世界上国耻纪念最多的国家,到这一天,报上照例得有几块记载,几篇文章。但这事真也闹得太重叠,太长久了,就很容易千篇一律,这一回可用,下一回也可用,去年用过了,明年也许还可用,只要没有新事情。即使有了,成文恐怕也仍然可以用,因为反正总只能说这几句话。所以倘不是健忘的人,就会觉得沉闷,看不出新的启示来。

然而我还是看。今天偶然看见北京追悼抗日英雄邓文的记事,首先是报告,其次是演讲,最末,是"礼成,奏乐散会"。

我于是得了新的启示:凡纪念,"礼"而已矣。

中国原是"礼义之邦",关于礼的书,就有三大部,连在外国也译出了,我真特别佩服《仪礼》的翻译者。事君,现在可以不谈了;事亲,当然要尽孝,但殁后的办法,则已归入祭礼中，各有仪，就是现在的拜忌日，做阴寿之类。新的忌日添出来，旧的忌日就淡一点，"新鬼大，故鬼小"也。我们的纪念日也是对于旧的几个比较的不起劲，而新的几个之归于淡漠，则只好以俟将来，和人家的拜忌辰是一样的。有人说，中国的国家以家族为基础，真是有识见。

中国又原是"礼让为国"的，既有礼，就必能让，而愈能让，礼也就愈繁了。总之，这一节不说也罢。

古时候，或以黄老治天下，或以孝治天下。现在呢，恐怕是入于以礼治天下的时期了，明乎此，就知道责备民众的对于纪念日的淡漠是错的，《礼》曰："礼不下庶人"；舍不得物质上的什么东西也是错的，孔子不云乎："赐也尔爱其羊，我爱其礼！"

"非礼勿视，非礼勿听，非礼勿言，非礼勿动"，静静的等着别人的"多行不义，必自毙"，礼也。

一九三三年九月二十日

吃　教

达一先生在《文统之梦》里，因刘勰自谓梦随孔子，乃始论文，而后来做了和尚，遂讥其"贻羞往圣"。其实是中国自南北朝以来，凡有文人学士，道士和尚，大抵以"无特操"为特色的。晋以来的名流，每一个人总有三种小玩意，一是《论语》和《孝经》，二是《老子》，三是《维摩诘经》，不但采作谈资，并且常常做一点注解。唐有三教辩论，后来变成大家打诨；所谓名儒，做几篇伽蓝碑文也不算什么大事。宋儒道貌岸然，而窃取禅师的语录。清呢，去今不远，我们还可以知道儒者的相信《太上感应篇》和《文昌帝君阴骘文》，并且会请和尚到家里来拜忏。

耶稣教传入中国，教徒自以为信教，而教外的小百姓却都叫他们是"吃教"的。这两个字，真是提出了教徒的"精神"，也可以包括大多数的儒释道教之流的信者，也可以移用于许多

"吃革命饭"的老英雄。

清朝人称八股文为"敲门砖",因为得到功名,就如打开了门,砖即无用。近年则有杂志上的所谓"主张"。《现代评论》之出盘,不是为了迫压,倒因为这派作者的飞腾;《新月》的冷落,是老社员都"爬"了上去,和月亮距离远起来了。这种东西,我们为要和"敲门砖"区别,称之为"上天梯"罢。

"教"之在中国,何尝不如此。讲革命,彼一时也;讲忠孝,又一时也;跟大拉嘛打圈子,又一时也;造塔藏主义,又一时也。有宜于专吃的时代,则指归应定于一尊,有宜合吃的时代,则诸教亦本非异致,不过一碟是全鸭,一碟是杂拌儿而已。刘勰亦然,盖仅由"不撤姜食"一变而为吃斋,于胃脏里的分量原无差别,何况以和尚而注《论语》《孝经》或《老子》,也还是不失为一种"天经地义"呢?

一九三三年九月二十七日

喝　茶

某公司又在廉价了,去买了二两好茶叶,每两洋二角。开首泡了一壶,怕它冷得快,用棉袄包起来,却不料郑重其事的来喝的时候,味道竟和我一向喝着的粗茶差不多,颜色也很重浊。

我知道这是自己错误了,喝好茶,是要用盖碗的,于是用盖碗。果然,泡了之后,色清而味甘,微香而小苦,确是好茶叶。但这是须在静坐无为的时候的,当我正写着《吃教》的中途,拉来一喝,那好味道竟又不知不觉的滑过去,像喝着粗茶一样了。

有好茶喝,会喝好茶,是一种"清福"。不过要享这"清福",首先就须有工夫,其次是练习出来的特别的感觉。由这一极琐屑的经验,我想,假使是一个使用筋力的工人,在喉干欲裂的时候,那么,即使给他龙井芽茶,珠兰窨片,恐怕他喝起来也未必觉得和热水有什么大区别罢。所谓"秋思",其实也是这样的,骚人墨客,会觉得什么"悲哉秋之为气也",风雨阴晴,都给他一种刺戟,一方面也就是一种"清福",但在老农,却只知道每年的此际,就要割稻而已。

于是有人以为这种细腻锐敏的感觉,当然不属于粗人,这是上等人的牌号。然而我恐怕也正是这牌号就要倒闭的先声。我们有痛觉,一方面是使我们受苦的,而一方面也使我们能够自卫。假如没有,则即使背上被人刺了一尖刀,也将茫无知觉,直到血尽倒地,自己还不明白为什么倒地。但这痛觉如果细腻锐敏起来呢,则不但衣服上有一根小刺就觉得,连衣服上的接缝,线结,布毛都要觉得,倘不穿"无缝天衣",他便要终日如芒刺在身,活不下去了。但假装锐敏的,自然不在此例。

感觉的细腻和锐敏,较之麻木,那当然算是进步的,然而以有助于生命的进化为限。如果不相干,甚而至于有碍,那就是进化中的病态,不久就要收梢。我们试将享清福,抱秋心的雅人,和破衣粗食的粗人一比较,就明白究竟是谁活得下去。喝过茶,望着秋天,我于是想:不识好茶,没有秋思,倒也罢了。

一九三三年九月三十日

《花边文学》

序　言

　　我的常常写些短评，确是从投稿于《申报》的《自由谈》上开头的；集一九三三年之所作，就有了《伪自由书》和《准风月谈》两本。后来编辑者黎烈文先生真被挤轧得苦，到第二年，终于被挤出了，我本也可以就此搁笔，但为了赌气，却还是改些作法，换些笔名，托人抄写了去投稿，新任者不能细辨，依然常常登了出来。一面又扩大了范围，给《中华日报》的副刊《动向》，小品文半月刊《太白》之类，也间或写几篇同样的文字。聚起一九三四年所写的这些东西来，就是这一本《花边文学》。

　　这一个名称，是和我在同一营垒里的青年战友，换掉姓名挂在暗箭上射给我的。那立意非常巧妙：一，因为这类短评，在报上登出来的时候往往围绕一圈花边以示重要，使我的战友看得头疼；二，因为"花边"也是银元的别名，以见我的这些文章是为了稿费,其实并无足取。至于我们的意见不同之处,是我以为我们无须希望外国人待我们比鸡鸭优,他却以为应该待我们比鸡鸭优,我在替西洋人辩护,所以是"买办"。那文章就附在《倒提》之下,这里不必多说。此外,倒也并无什么可记之事。只为了一篇《玩笑只当它玩笑》,又曾引出过一封文公直先生的来信,笔伐的更严重了,说我是"汉奸",现在和我的复信都附在本文的下面。其余的一些鬼鬼祟祟,躲躲闪闪的攻击,离上举的两位还差得很远,这里都不转载了。

"花边文学"可也真不行。一九三四年不同一九三五年,今年是为了"闲话皇帝"事件,官家的书报检查处忽然不知所往,还革掉七位检查官,日报上被删之处,也好像可以留着空白(术语谓之"开天窗")了。但那时可真厉害,这么说不可以,那么说又不成功,而且删掉的地方,还不许留下空隙,要接起来,使作者自己来负吞吞吐吐,不知所云的责任。在这种明诛暗杀之下,能够苟延残喘,和读者相见的,那么,非奴隶文章是什么呢?

我曾经和几个朋友闲谈。一个朋友说:现在的文章,是不会有骨气的了,譬如向一种日报上的副刊去投稿罢,副刊编辑先抽去几根骨头,总编辑又抽去几根骨头,检查官又抽去几根骨头,剩下来还有什么呢?我说:我是自己先抽去了几根骨头的,否则,连"剩下来"的也不剩。所以,那时发表出来的文字,有被抽四次的可能,——现在有些人不在拼命表彰文天祥方孝孺么,幸而他们是宋明人,如果活在现在,他们的言行是谁也无从知道的。

因此除了官准的有骨气的文章之外,读者也只能看看没有骨气的文章。我生于清朝,原是奴隶出身,不同二十五岁以内的青年,一生下来就是中华民国的主子,然而他们不经世故,偶尔"忘其所以"也就大碰其钉子。我的投稿,目的是在发表的,当然不给它见得有骨气,所以被"花边"所装饰者,大约也确比青年作家的作品多,而且奇怪,被删掉的地方倒很少。一年之中,只有三篇,现在补全,仍用黑点为记。我看《论秦理斋夫人事》的末尾,是申报馆的总编辑删的,别的两篇,却是检查官删的:这里都显着他们不同的心思。

今年一年中,我所投稿的《自由谈》和《动向》,都停刊了;《太白》也不出了。我曾经想过:凡是我寄文稿的,只寄开初的一两期还不妨,假使接连不断,它就总归活不久。于是从今年起,我就不大做这样的短文,因为对于同人,是回避他背后的闷棍,对于自己,是不愿做开路的呆子,对于刊物,是希望它尽可能的长生。所以有人要我投稿,我特别敷延推宕,非"摆架子"也,是带些好意——然而有时也是恶意——的"世故":这是要请索稿者原谅的。

一直到了今年下半年,这才看见了新闻记者的"保护正当舆论"的请愿和智识阶级的言论自由的要求。要过年了,我不知道结果怎么样。然而,即使从此文章都成了民众的喉舌,那代价也可谓大极了:是北五省的自治。这恰如先前的不敢恳请"保护正当舆论"和要求言论自由的代价之大一样:是东三省的沦亡。不过这一次,换来的东西是光明的。然而,倘使万一不幸,后来又复换回了我做"花边文学"一样的时代,大家试来猜一猜那代价该是什么罢……

      一九三五年十二月二十九之夜,鲁迅记

女人未必多说谎

侍桁先生在《谈说谎》里,以为说谎的原因之一是由于弱,那举证的事实,是:"因此为什么女人讲谎话要比男人来得多。"

那并不一定是谎话,可是也不一定是事实。我们确也常常从男人们的嘴里,听说是女人讲谎话要比男人多,不过却也并无实证,也没有统计。叔本华先生痛骂女人,他死后,从他的书籍里发见了医梅毒的药方;还有一位奥国的青年学者,我忘记了他的姓氏,做了一大本书,说女人和谎话是分不开的,然而他后来自杀了。我恐怕他自己正有神经病。

我想,与其说"女人讲谎话要比男人来得多",不如说"女人被人指为'讲谎话要比男人来得多'的时候来得多",但是,数目字的统计自然也没有。

譬如罢,关于杨妃,禄山之乱以后的文人就都撒着大谎,玄宗逍遥事外，倒说是许多坏事情都由她，敢说"不闻夏殷衰，中自诛褒妲"的有几个。就是妲己，褒姒，也还不是一样的事？女人的替自己和男人伏罪，真是太长远了。

今年是"妇女国货年"，振兴国货，也从妇女始。不久，是就要挨骂的，因为国货也未必因此有起色，然而一提倡，一责骂，男人们的责任也尽了。

记得某男士有为某女士鸣不平的诗道："君王城上竖降旗，妾在深宫那得知？二十万人齐解甲，更无一个是男儿！"快哉快哉！

一九三四年一月八日

批评家的批评家

　　情势也转变得真快,去年以前,是批评家和非批评家都批评文学,自然,不满的居多,但说好的也有。去年以来,却变了文学家和非文学家都翻了一个身,转过来来批评批评家了。

　　这一回可是不大有人说好,最彻底的是不承认近来有真的批评家。即使承认,也大大的笑他们胡涂。为什么呢?因为他们往往用一个一定的圈子向作品上面套,合就好,不合就坏。

　　但是,我们曾经在文艺批评史上见过没有一定圈子的批评家吗?都有的,或者是美的圈,或者是真实的圈,或者是前进的圈。没有一定的圈子的批评家,那才是怪汉子呢。办杂志可以号称没有一定的圈子,而其实这正是圈子,是便于遮眼的变戏法的手巾。譬如一个编辑者是唯美主义者罢,他尽可以自说并无定见,单在书籍评论上,就足够玩把戏。倘是一种所谓"为艺术的艺术"的作品,合于自己的私意的,他就选登一篇赞成这种主义的批评，或读后感，捧着它上天；要不然，就用一篇假急进的好象非常革命的批评家的文章，捺它到地里去。读者这就被迷了眼。但在个人，如果还有一点记性，却不能这么两端的，他须有一定的圈子。我们不能责备他有圈子，我们只能批评他这圈子对不对。

然而批评家的批评家会引出张献忠考秀才的古典来：先在两柱之间横系一条绳子，叫应考的走过去，太高的杀，太矮的也杀，于是杀光了蜀中的英才。这么一比，有定见的批评家即等于张献忠，真可以使读者发生满心的憎恨。但是，评文的圈，就是量人的绳吗？论文的合不合，就是量人的长短吗？引出这例子来的，是诬陷，更不是什么批评。

一九三四年一月十七日

北人与南人

这是看了"京派"与"海派"的议论之后,牵连想到的——

北人的卑视南人,已经是一种传统。这也并非因为风俗习惯的不同,我想,那大原因,是在历来的侵入者多从北方来,先征服中国之北部,又携了北人南征,所以南人在北人的眼中,也是被征服者。

二陆入晋,北方人士在欢欣之中,分明带着轻薄,举证太烦,姑且不谈罢。容易看的是,羊衒之的《洛阳伽蓝记》中,就常诋南人,并不视为同类。至于元,则人民截然分为四等,一蒙古人,二色目人,三汉人即北人,第四等才是南人,因为他是最后投降的一伙。最后投降,从这边说,是矢尽援绝,这才罢战的南方之强,从那边说,却是不识顺逆,久梗王师的贼。孑遗自然还是投降的,然而为奴隶的资格因此就最浅,因为浅,所以班次就最下,谁都不妨加以卑视了。到清朝,又重理了这一篇账,至今还流衍着余波;如果此后的历史是不再回旋的,那真不独是南人的如天之福。

当然,南人是有缺点的。权贵南迁,就带了腐败颓废的风气来,北方倒反而干净。性情也不同,有缺点,也有特长,正如北人的兼具二者一样。据我所见,北人的优点是厚重,南人的优点是机灵。但厚重之弊也愚,机灵之弊也狡,所以某先生曾经指出缺点道:北方人是"饱食终日,无所用心";南方人是"群居终日,言不及义"。就有闲阶级而言,我以为大体是的确的。

缺点可以改正,优点可以相师。相书上有一条说,北人南相,南人北相者贵。我看这并不是妄语。北人南相者,是厚重而又机灵,南人北相者,不消说是机灵而又能厚重。昔人之所谓"贵",不过是当时的成功,在现在,那就是做成有益的事业了。这是中国人的一种小小的自新之路。

不过做文章的是南人多,北方却受了影响。北京的报纸上,油嘴滑舌,吞吞吐吐,顾影自怜的文字不是比六七年前多了吗?这倘和北方固有的"贫嘴"一结婚,产生出来的一定是一种不祥的新劣种!

一九三四年一月三十日

古人并不纯厚

老辈往往说：古人比今人纯厚，心好，寿长。我先前也有些相信，现在这信仰可是动摇了。达赖啦嘛总该比平常人心好，虽然"不幸短命死矣"，但广州开的耆英会，却明明收集过一大批寿翁寿媪，活了一百零六岁的老太太还能穿针，有照片为证。

古今的心的好坏，较为难以比较，只好求教于诗文。古之诗人，是有名的"温柔敦厚"的，而有的竟说："时日曷丧，予及汝偕亡！"你看够多么恶毒？更奇怪的是孔子"校阅"之后，竟没有删，还说什么"诗三百，一言以蔽之，曰：思无邪"哩，好像圣人也并不以为可恶。

还有现存的最通行的《文选》，听说如果青年作家要丰富语汇，或描写建筑，是总得看它的，但我们倘一调查里面的作家，却至少有一半不得好死，当然，就因为心不好。经昭明太子一挑选，固然好象变成语汇祖师了，但在那时，恐怕还有个人的主张，偏激的文字。否则，这人是不传的，试翻唐以前的史上的文苑传，大抵是禀承意旨，草檄作颂的人，然而那些作者的文章，流传至今者偏偏少得很。

由此看来，翻印整部的古书，也就不无危险了。近来偶尔看见一部石印的《平斋文集》，作者，宋人也，不可谓之不古，但其诗就不可为训。如咏《狐鼠》云："狐鼠擅一窟，虎蛇行九逵，不论天有眼，但管地无皮……。"又咏《荆公》云："养就祸胎身始去，依然钟阜向人青。"那指斥当路的口气，就为今人所看不惯。"八大家"中的欧阳修，是不能算作偏激的文学家的罢，然而那《读李翱文》中却有云："呜呼，在位而不肯自忧，又禁它人使皆不得忧，可叹也夫！"也就悻悻得很。

但是，经后人一番选择，却就纯厚起来了。后人能使古人纯厚，则比古人更为纯厚也可见。清朝曾有钦定的《唐宋文醇》和《唐宋诗醇》，便是由皇帝将古人做得纯厚的好标本，不久也许会有人翻印，以"挽狂澜于既倒"的。

一九三四年四月十五日

朋　友

　　我在小学的时候,看同学们变小戏法,"耳中听字"呀,"纸人出血"呀,很以为有趣。庙会时就有传授这些戏法的人,几枚铜元一件,学得来时,倒从此索然无味了。进中学是在城里,于是兴致勃勃的看大戏法,但后来有人告诉了我戏法的秘密,我就不再高兴走近圈子的旁边。去年到上海来,才又得到消遣无聊的处所,那便是看电影。

　　但不久就在书上看到一点电影片子的制造法,知道了看去好象千丈悬崖者,其实离地不过几尺,奇禽怪兽,无非是纸做的。这使我从此不很觉得电影的神奇,倒往往只留心它的破绽,自己也无聊起来,第三回失掉了消遣无聊的处所。有时候,还自悔去看那一本书,甚至于恨到那作者不该写出制造法来了。

　　暴露者揭发种种隐秘,自以为有益于人们,然而无聊的人，为消遣无聊计，是甘于受欺，并且安于自欺的，否则就更无聊赖。因为这，所以使戏法长存于天地之间，也所以使暴露幽暗不但为欺人者所深恶，亦且为被欺者所深恶。

暴露者只在有为的人们中有益，在无聊的人们中便要灭亡。自救之道，只在虽知一切隐秘，却不动声色，帮同欺人，欺那自甘受欺的无聊的人们，任它无聊的戏法一套一套的，终于反反复复的变下去。周围是总有这些人会看的。

变戏法的时时拱手道："……出家靠朋友！"有几分就是对着明白戏法的底细者而发的，为的是要他不来戳穿西洋镜。

"朋友，以义合者也"，但我们向来常常不作如此解。

一九三四年四月二十二日

清明时节

清明时节,是扫墓的时节,有的要进关内来祭祖,有的是到陕西去上坟,或则激论沸天,或则欢声动地,真好象上坟可以亡国,也可以救国似的。

坟有这么大关系,那么,掘坟当然是要不得的了。

元朝的国师八合思巴罢,他就深相信掘坟的利害。他掘开宋陵,要把人骨和猪狗骨同埋在一起,以使宋室倒楣。后来幸而给一位义士盗走了,没有达到目的,然而宋朝还是亡。曹操设了"摸金校尉"之类的职员,专门盗墓,他的儿子却做了皇帝,自己竟被谥为"武帝",好不威风。这样看来,死人的安危,和生人的祸福,又仿佛没有关系似的。

相传曹操怕死后被人掘坟,造了七十二疑冢,令人无从下手。于是后之诗人曰:"遍掘七十二疑冢,必有一冢葬君尸。"于是后之论者又曰:阿瞒老奸巨猾,安知其尸实不在此七十二冢之内乎。真是没有法子想。

阿瞒虽是老奸巨猾,我想,疑冢之流倒未必安排的,不过古来的冢墓,却大抵被发掘者居多,冢中人的主名,的确者也很少,洛阳邙山,清末掘墓者极多,虽在名公巨卿的墓中,所得也大抵是一块志石和凌乱的陶器,大约并非原没有贵重的殉葬品,乃是早经有人掘过,拿走了,什么时候呢,无从知道。总之是葬后以至清末的偷掘那一天之间罢。

至于墓中人究竟是什么人,非掘后往往不知道。即使有相传的主名的,也大抵靠不住。中国人一向喜欢造些和大人物相关的名胜,石门有"子路止宿处",泰山上有"孔子小天下处";一个小山洞,是埋着大禹,几堆大土堆,便葬着文武和周公。

如果扫墓的确可以救国,那么,扫就要扫得真确,要扫文武周公的陵,不要扫着别人的土包子,还得查考自己是否周朝的子孙。于是乎要有考古的工作,就是掘开坟来,看看有无葬着文王武王周公旦的证据,如果有遗骨,还可照《洗冤录》的方法来滴血。但是,这又和扫墓救国说相反,很伤孝子顺孙的心了。不得已,就只好闭了眼睛,硬着头皮,乱拜一阵。

"非其鬼而祭之,谄也!"单是扫墓救国术没有灵验,还不过是一个小笑话而已。

一九三四年四月二十六日

读几本书

读死书会变成书呆子,甚至于成为书厨,早有人反对过了,时光不绝的进行,反读书的思潮也愈加彻底,于是有人来反对读任何一种书。他的根据是叔本华的老话,说是倘读别人的著作,不过是在自己的脑里给作者跑马。

这对于读死书的人们,确是一下当头棒,但为了与其探究,不如跳舞,或者空暴躁,瞎牢骚的天才起见,却也是一句值得绍介的金言。不过要明白:死抱住这句金言的天才,他的脑里却正被叔本华跑了一趟马,踏得一塌胡涂了。

现在是批评家在发牢骚,因为没有较好的作品;创作家也在发牢骚,因为没有正确的批评。张二说李四的作品是象征主义,于是李四也自以为是象征主义,读者当然更以为是象征主义。然而怎样是象征主义呢?向来就没有弄分明,只好就用李四的作品为证。所以中国之所谓象征主义,和别国之所谓

Symbolism 是不一样的,虽然前者其实是后者的译语,然而听说梅特林是象征派的作家,于是李四就成为中国的梅特林了。此外中国的法朗士,中国的白璧德,中国的吉尔波丁,中国的高尔基……还多得很。然而真的法朗士他们的作品的译本,在中国却少得很。莫非因为都有了"国货"的缘故吗?

在中国的文坛上,有几个国货文人的寿命也真太长;而洋货文人的可也真太短,姓名刚刚记熟,据说是已经过去了。易卜生大有出全集之意,但至今不见第三本;柴霍甫和莫泊桑的选集,也似乎走了虎头蛇尾运。但在我们所深恶痛疾的日本,《吉诃德先生》和《一千一夜》是有全译的;沙士比亚,歌德,……都有全集;托尔斯泰的有三种,陀思妥也夫斯基的有两种。

读死书是害己,一开口就害人;但不读书也并不见得好。至少,譬如要批评托尔斯泰,则他的作品是必得看几本的。自然,现在是国难时期,那有工夫译这些书,看这些书呢,但我所提议的是向着只在暴躁和牢骚的大人物,并非对于正在赴难或"卧薪尝胆"的英雄。因为有些人物,是即使不读书,也不过玩着,并不去赴难的。

一九三四年五月十四日

一思而行

只要并不是靠这来解决国政,布置战争,在朋友之间,说几句幽默,彼此莞尔而笑,我看是无关大体的。就是革命专家,有时也要负手散步;理学先生总不免有儿女,在证明着他并非日日夜夜,道貌永远的俨然。小品文大约在将来也还可以存在于文坛,只是以"闲适"为主,却稍嫌不够。

人间世事,恨和尚往往就恨袈裟。幽默和小品的开初,人们何尝有贰话。然而轰的一声,天下无不幽默和小品,幽默那有这许多,于是幽默就是滑稽,滑稽就是说笑话,说笑话就是讽刺,讽刺就是漫骂。油腔滑调,幽默也;"天朗气清",小品也;看郑板桥《道情》一遍,谈幽默十天,买袁中郎尺牍半本,作小品一卷。有些人既有以此起家之势,势必有想反此以名世之人,于是轰然一声,天下又无不骂幽默和小品。其实,则趁队起哄之士,今年也和去年一样,数不在少的。

手拿黑漆皮灯笼,彼此都莫名其妙。总之,一个名词归化中国,不久就弄成一团糟。伟人,先前是算好称呼的,现在则受之者已等于被骂;学者和教授,前两三年还是干净的名称;自爱者闻文学家之称而逃,今年已经开始了第一步。但是,世界上真的没有实在的伟人,实在的学者和教授,实在的文学家吗?并不然,只有中国是例外。

假使有一个人,在路旁吐一口唾沫,自己蹲下去,看着,不久准可以围满一堆人;又假使又有一个人,无端大叫一声,拔步便跑,同时准可以大家都逃散。真不知是"何所闻而来,何所见而去",然而又心怀不满,骂他的莫名其妙的对象曰"妈的"!但是,那吐唾沫和大叫一声的人,归根结蒂还是大人物。当然,沉着切实的人们是有的。不过伟人等等之名之被尊视或鄙弃,大抵总只是做唾沫的替代品而已。

社会仗这添些热闹,是值得感谢的。但在乌合之前想一想,在云散之前也想一想,社会未必就冷静了,可是还要象样一点点。

一九三四年五月十四日

偶　感

还记得东三省沦亡,上海打仗的时候,在只闻炮声,不愁炮弹的马路上,处处卖着《推背图》,这可见人们早想归失败之故于前定了。三年以后,华北华南,同濒危急,而上海却出现了"碟仙"。前者所关心的还是国运,后者却只在问试题,奖券,亡魂。着眼的大小,固已迥不相同,而名目则更加冠冕,因为这"灵乩"是中国的"留德学生白同君所发明",合于"科学"的。

"科学救国"已经叫了近十年,谁都知道这是很对的,并非"跳舞救国""拜佛救国"之比。青年出国去学科学者有之,博士学了科学回国者有之。不料中国究竟自有其文明,与日本是两样的,科学不但并不足以补中国文化之不足,却更加证明了中国文化之高深。风水,是合于地理学的,门阀,是合于优生学的,炼丹,是合于化学的,放风筝,是合于卫生学的。

"灵乩"的合于"科学",亦不过其一而已。

五四时代,陈大齐先生曾作论揭发过扶乩的骗人,隔了十六年,白同先生却用碟子证明了扶乩的合理,这真叫人从那里说起。

而且科学不但更加证明了中国文化的高深,还帮助了中国文化的光大。麻将桌边,电灯替代了蜡烛,法会坛上,镁光照出了喇嘛,无线电播音所日日传播的,不往往是《狸猫换太子》,《玉堂春》,《谢谢毛毛雨》吗?

老子曰:"为之斗斛以量之,则并与斗斛而窃之。"罗兰夫人曰:"自由自由,多少罪恶,假汝之名以行!"每一新制度,新学术,新名词,传入中国,便如落在黑色染缸,立刻乌黑一团,化为济私助焰之具,科学,亦不过其一而已。

此弊不去,中国是无药可救的。

一九三四年五月二十日

倒　提

　　西洋的慈善家是怕看虐待动物的，倒提着鸡鸭走过租界就要办。所谓办，虽然也不过是罚钱，只要舍得出钱，也还可以倒提一下，然而究竟是办了。于是有几位华人便大鸣不平，以为西洋人优待动物，虐待华人，至于比不上鸡鸭。

　　这其实是误解了西洋人。他们鄙夷我们，是的确的，但并未放在动物之下。自然，鸡鸭这东西，无论如何，总不过送进厨房，做成大菜而已，即顺提也何补于归根结蒂的运命。然而它不能言语，不会抵抗，又何必加以无益的虐待呢？西洋人是什么都讲有益的。我们的古人，人民的"倒悬"之苦是想到的了，而且也实在形容得切帖，不过还没有察出鸡鸭的倒提之灾来，然而对于什么"生剥驴肉""活烤鹅掌"这些无聊的残虐，却早经在文章里加以攻击了。这种心思，是东西之所同具的。

　　但对于人的心思，却似乎有些不同。人能组织，能反抗，能为奴,也能为主,不肯努力,固然可以永沦为舆台,自由解放,便能够获得彼此的平等,那运命是并不一定终于送进厨房,做成大菜的。愈下劣者,愈得主人的爱怜,所以西崽打叭儿,则西崽被斥,平人忤西崽,则平人获咎,租界上并无禁止苛待华人的规律,正因为我们该自有力量,自有本领,和鸡鸭绝不相同的缘故。

然而我们从古典里,听熟了仁人义士,来解倒悬的胡说了,直到现在,还不免总在想从天上或什么高处远处掉下一点恩典来,其甚者竟以为"莫作乱离人,宁为太平犬",不妨变狗,而合群改革是不肯的。自叹不如租界的鸡鸭者,也正有这气味。

这类的人物一多,倒是大家要被倒悬的,而且虽在送往厨房的时候,也无人暂时解救。这就因为我们究竟是人,然而是没出息的人的缘故。

一九三四年六月三日

玩 具

今年是儿童年。我记得的，所以时常看看造给儿童的玩具。

马路旁边的洋货店里挂着零星小物件，纸上标明，是从法国运来的，但我在日本的玩具店看见一样的货色，只是价钱更便宜。在担子上，在小摊上，都卖着渐吹渐大的橡皮泡，上面打着一个印子道："完全国货"，可见是中国自己制造的了。然而日本孩子玩着的橡皮泡上，也有同样的印子，那却应该是他们自己制造的。

大公司里则有武器的玩具：指挥刀，机关枪，坦克车……。然而，虽是有钱人家的小孩，拿着玩的也少见。公园里面，外国孩子聚沙成为圆堆，横插上两条短树干，这明明是在创造铁甲炮车了，而中国孩子是青白的，瘦瘦的脸，躲在大人的背后，羞怯的，惊异的看着，身上穿着一件斯文之极的长衫。

　　我们中国是大人用的玩具多：姨太太，雅片枪，麻雀牌，《毛毛雨》，科学灵乩，金刚法会，还有别的，忙个不了，没有工夫想到孩子身上去了。虽是儿童年，虽是前年身历了战祸，也没有因此给儿童创出一种纪念的小玩意，一切都是照样抄。然则明年不是儿童年了，那情形就可想。

　　但是，江北人却是制造玩具的天才。他们用两个长短不同的竹筒，染成红绿，连作一排，筒内藏一个弹簧，旁边有一个把手，摇起来就格格的响。这就是机关枪！也是我所见的惟一的创作。我在租界边上买了一个，和孩子摇着在路上走，文明的西洋人和胜利的日本人看见了，大抵投给我们一个鄙夷或悲悯的苦笑。

　　然而我们摇着在路上走，毫不愧恧，因为这是创作。前年以来，很有些人骂着江北人，好像非此不足以自显其高洁，现在沉默了，那高洁也就渺渺然，茫茫然。而江北人却创造了粗笨的机枪玩具，以坚强的自信和质朴的才能与文明的玩具争。他们，我以为是比从外国买了极新式的武器回来的人物，更其值得赞颂的，虽然也许又有人会因此给我一个鄙夷或悲悯的冷笑。

一九三四年六月十一日

未来的光荣

现在几乎每年总有外国的文学家到中国来,一到中国,总惹出一点小乱子。前有萧伯纳,后有德哥派拉;只有伐扬古久列,大家不愿提,或者不能提。

德哥派拉不谈政治,本以为可以跳在是非圈外的了,不料因为恭维了食与色,又挣得"外国文氓"的恶谥,让我们的论客,在这里议论纷纷。他大约就要做小说去了。

鼻子生得平而小,没有欧洲人那么高峻,那是没有法子的,然而倘使我们身边有几角钱,却一样的可以看电影。侦探片子演厌了,爱情片子烂熟了,战争片子看腻了,滑稽片子无聊了,于是乎有《人猿泰山》,有《兽林怪人》,有《斐洲探险》等等,要野兽和野蛮登场。然而在蛮地中,也还一定要穿插一点蛮婆子的蛮曲线。如果我们也还爱看,那就可见无论怎样奚落,也还是有些恋恋不舍的了,"性"之于市侩,是很要紧的。

文学在西欧，其碰壁和电影也并不两样；有些所谓文学家也者，也得找寻些奇特的（grotesque），色情的（erotic）东西，去给他们的主顾满足，因此就有探险式的旅行，目的倒并不在地主的打拱或请酒。然而倘遇呆问，则以笑话了之，他其实也知道不了这些，他也不必知道。德哥派拉不过是这些人们中的一人。

但中国人，在这类文学家的作品里，是要和各种所谓"土人"一同登场的，只要看报上所载的德哥派拉先生的路由单就知道——中国，南洋，南美。英，德之类太平常了。我们要觉悟着被描写，还要觉悟着被描写的光荣还要多起来，还要觉悟着将来会有人以有这样的事为有趣。

一九三四年一月八日

算　账

说起清代的学术来,有几位学者总是眉飞色舞,说那发达是为前代所未有的。证据也真够十足:解经的大作,层出不穷,小学也非常的进步;史论家虽然绝迹了,考史家却不少;尤其是考据之学,给我们明白了宋明人决没有看懂的古书……

但说起来可又有些踌躇,怕英雄也许会因此指定我是犹太人,其实,并不是的。我每遇到学者谈起清代的学术时,总不免同时想:"扬州十日","嘉定三屠"这些小事情,不提也好罢,但失去全国的土地,大家十足做了二百五十年奴隶,却换得这几页光荣的学术史,这买卖,究竟是赚了利,还是折了本呢?

可惜我又不是数学家,到底没有弄清楚。但我直觉的感到,这恐怕是折了本,比用庚子赔款来养成几位有限的学者,亏累得多了。

但恐怕这又不过是俗见。学者的见解，是超然于得失之外的。虽然超然于得失之外，利害大小之辨却又似乎并非全没有。大莫大于尊孔，要莫要于崇儒，所以只要尊孔而崇儒，便不妨向任何新朝俯首。对新朝的说法，就叫作"反过来征服中国民族的心"。

而这中国民族的有些心，真也被征服得彻底，到现在，还在用兵燹，疠疫，水旱，风蝗，换取着孔庙重修，雷峰塔再建，男女同行犯忌，四库珍本发行这些大门面。

我也并非不知道灾害不过暂时，如果没有记录，到明年就会大家不提起，然而光荣的事业却是永久的。但是，不知怎地，我虽然并非犹太人，却总有些喜欢讲损益，想大家来算一算向来没有人提起过的这一笔账。——而且，现在也正是这时候了。

一九三四年七月十七日

看书琐记

看书琐记（一）

高尔基很惊服巴尔札克小说里写对话的巧妙,以为并不描写人物的模样,却能使读者看了对话,便好像目睹了说话的那些人。(八月份《文学》内《我的文学修养》)

中国还没有那样好手段的小说家,但《水浒》和《红楼梦》的有些地方,是能使读者由说话看出人来的。其实,这也并非什么奇特的事情,在上海的弄堂里,租一间小房子住着的人,就时时可以体验到。他和周围的住户,是不一定见过面的,但只隔一层薄板壁,所以有些人家的眷属和客人的谈话,尤其是高声的谈话,都大略可以听到,久而久之,就知道那里有那些人,而且仿佛觉得那些人是怎样的人了。

如果删除了不必要之点,只摘出各人的有特色的谈话来,我想，就可以使别人从谈话里推见每个说话的人物。但我并不是说，这就成了中国的巴尔札克。

作者用对话表现人物的时候，恐怕在他自己的心目中，是存在着这人物的模样的，于是传给读者，使读者的心目中也形成了这人物的模样。但读者所推见的人物，却并不一定和作者所设想的相同，巴尔札克的小胡须的清瘦老人，到了高尔基的头里，也许变了粗蛮壮大的络腮胡子。不过那性格，言动，一定有些类似，大致不差，恰如将法文翻成了俄文一样。要不然，文学这东西便没有普遍性了。

文学虽然有普遍性，但因读者的体验的不同而有变化，读者倘没有类似的体验，它也就失去了效力。譬如我们看《红楼梦》，从文字上推见了林黛玉这一个人，但须排除了梅博士的"黛玉葬花"照相的先入之见，另外想一个，那么，恐怕会想到剪头发，穿印度绸衫，清瘦，寂寞的摩登女郎；或者别的什么模样，我不能断定。但试去和三四十年前出版的《红楼梦图咏》之类里面的画像比一比罢，一定是截然两样的，那上面所画的，是那时的读者的心目中的林黛玉。

文学有普遍性，但有界限；也有较为永久的，但因读者的社会体验而生变化。北极的遏斯吉摩人和菲洲腹地的黑人，我以为是不会懂得"林黛玉型"的；健全而合理的好社会中人，也将不能懂得，他们大约要比我们的听讲始皇焚书，黄巢杀人

更其隔膜。一有变化，即非永久，说文学独有仙骨，是做梦的人们的梦话。（一九三四年八月六日）

看书琐记（二）

就在同时代，同国度里，说话也会彼此说不通的。

巴比塞有一篇很有意思的短篇小说，叫作《本国话和外国话》，记的是法国的一个阔人家里招待了欧战中出死入生的三个兵，小姐出来招呼了，但无话可说，勉勉强强的说了几句，他们也无话可答，倒只觉坐在阔房间里，小心得骨头疼。直到溜回自己的"猪窠"里，他们这才遍身舒齐，有说有笑，并且在德国俘虏里，由手势发见了说他们的"我们的话"的人。

因了这经验，有一个兵便模模胡胡的想："这世间有两个世界。一个是战争的世界。别一个是有着保险箱门一般的门，礼拜堂一般干净的厨房，漂亮的房子的世界。完全是另外的世界。另外的国度。那里面，住着古怪想头的外国人。"

那小姐后来就对一位绅士说的是："和他们是连话都谈不来的。好象他们和我们之间，是有着跳不过的深渊似的。"

其实，这也无须小姐和兵们是这样。就是我们——算作"封建余孽"或"买办"或别的什么而论都可以——和几乎同类的人,只要什么地方有些不同,又得心口如一,就往往免不了彼此无话可说。不过我们中国人是聪明的,有些人早已发明了一种万应灵药,就是"今天天气……哈哈哈!"倘是宴会,就只猜拳,不发议论。

这样看来,文学要普遍而且永久,恐怕实在有些艰难。"今天天气……哈哈哈!"虽然有些普遍,但能否永久,却很可疑,而且也不大像文学。于是高超的文学家便自己定了一条规则,将不懂他的"文学"的人们,都推出"人类"之外,以保持其普遍性。文学还有别的性,他是不肯说破的,因此也只好用这手段。然而这么一来,"文学"存在,"人"却不多了。

于是而据说文学愈高超,懂得的人就愈少,高超之极,那普遍性和永久性便只汇集于作者一个人。然而文学家却又悲哀起来,说是吐血了,这真是没有法子想。(一九三四年八月六日)

看书琐记(三)

创作家大抵憎恶批评家的七嘴八舌。

记得有一位诗人说过这样的话:诗人要做诗,就如植物要开花,因为他非开不可的缘故。如果你摘去吃了,即使中了毒，也是你自己错。

这比喻很美，也仿佛很有道理的。但再一想，却也有错误。错的是诗人究竟不是一株草，还是社会里的一个人；况且诗集是卖钱的，何尝可以白摘。一卖钱，这就是商品，买主也有了说好说歹的权利了。

即使真是花罢，倘不是开在深山幽谷，人迹不到之处，如果有毒，那是园丁之流就要想法的。花的事实，也并不如诗人的空想。

现在可是换了一个说法了，连并非作者，也憎恶了批评家，他们里有的说道：你这么会说，那么，你倒来做一篇试试看！

这真要使批评家抱头鼠窜。因为批评家兼能创作的人，向来是很少的。

我想，作家和批评家的关系，颇有些像厨司和食客。厨司做出一味食品来，食客就要说话，或是好，或是歹。厨司如果觉得不公平，可以看看他是否神经病，是否厚舌苔，是否挟夙嫌，是否想赖账。或者他是否广东人，想吃蛇肉；是否四川人，还要辣椒。于是提出解说或抗议来——自然，一声不响也可以。但是，倘若他对着客人大叫道："那么，你去做一碗来给我吃吃看！"那却未免有些可笑了。

诚然，四五年前，用笔的人以为一做批评家，便可以高踞文坛，所以速成和乱评的也不少，但要矫正这风气，是须用批评的批评的，只在批评家这名目上，涂上烂泥，并不是好办法。不过我们的读书界，是爱平和的多，一见笔战，便是什么"文坛的悲观"呀，"文人相轻"呀，甚至于不问是非，统谓之"互骂"，指为"漆黑一团糟"。果然，现在是听不见说谁是批评家了。但文坛呢，依然如故，不过它不再露出来。

文艺必须有批评；批评如果不对了，就得用批评来抗争，这才能够使文艺和批评一同前进，如果一律掩住嘴，算是文坛已经干净，那所得的结果倒是要相反的。（一九三四年八月二十二日）

奇　怪

奇怪（一）

世界上有许多事实，不看记载，是天才也想不到的。非洲有一种土人，男女的避忌严得很，连女婿遇见丈母娘，也得伏在地上，而且还不够，必须将脸埋进土里去。这真是虽是我们礼义之邦的"男女七岁不同席"的古人，也万万比不上的。

这样看来，我们的古人对于分隔男女的设计，也还不免是低能儿；现在总跳不出古人的圈子，更是低能之至。不同泳，不同行，不同食，不同做电影，都只是"不同席"的演义。低能透顶的是还没有想到男女同吸着相通的空气，从这个男人的鼻孔里呼出来，又被那个女人从鼻孔里吸进去，淆乱乾坤，实在比海水只触着皮肤更为严重。对于这一个严重问题倘没有办法，男女的界限就永远分不清。

我想，这只好用"西法"了。西法虽非国粹，有时却能够帮助国粹的。例如无线电播音，是摩登的东西，但早晨有和尚念经，却不坏；汽车固然是洋货，坐着去打麻将，却总比坐绿呢大轿，好半天才到的打得多几圈。以此类推，防止男女同吸空气就可以用防毒面具，各背一个箱，将养气由管子通到自己的鼻孔里，既免抛头露面，又兼防空演习，也就是"中学为体，西学为用"。凯末尔将军治国以前的土耳其女人的面幕，这回可也万万比不上了。

假使现在有一个英国的斯惠夫德似的人，做一部《格利佛游记》那样的讽刺的小说，说在二十世纪中，到了一个文明的国度，看见一群人在烧香拜龙，作法求雨，赏鉴"胖女"，禁杀乌龟；又一群人在正正经经的研究古代舞法，主张男女分途，以及女人的腿应该不许其露出。那么，远处，或是将来的人，恐怕大抵要以为这是作者贫嘴薄舌，随意捏造，以挖苦他所不满的人们的罢。

然而这的确是事实。倘没有这样的事实，大约无论怎样刻薄的天才作家也想不到。幻想总不能怎样的出奇，所以人们看见了有些事，就有叫作"奇怪"这一句话。（一九三四年八月十四日）

奇怪（二）

尤墨君先生以教师的资格参加着讨论大众语，那意见是极该看重的。他主张"使中学生练习大众语"，还举出"中学生作文最喜用而又最误用的许多时髦字眼"来，说"最好叫他们不要用"，待他们将来能够辨别时再说，因为是与其"食新不化，何如禁用于先"的。现在摘一点所举的"时髦字眼"在这里——

共鸣　对象　气压　温度　结晶　彻底　趋势　理智　现实　下意识　相对性　绝对性　纵剖面　横剖面　死亡率……（《新语林》三期）

但是我很奇怪。

那些字眼，几乎算不得"时髦字眼"了。如"对象""现实"等，只要看看书报的人，就时常遇见，一常见，就会比较而得其意义，恰如孩子懂话，并不依靠文法教科书一样；何况在学校中，还有教员的指点。至于"温度""结晶""纵剖面""横剖面"等，也是科学上的名词，中学的物理学矿物学植物学教科书里就有，和用于国文上的意义并无不同。现在竟"最误用"，莫非自己既不思索，教师也未给指点，而且连别的科学也一样的模胡吗？

那么，单是中途学了大众语，也不过是一位中学出身的速成大众，于大众有什么用处呢？大众的需要中学生，是因为他教育程度比较的高，能够给大家开拓知识，增加语汇，能解明的就解明，该新添的就新添；他对于"对象"等等的界说，就先要弄明白，当必要时，有方言可以替代，就译换，倘没有，便教给这新名词，并且说明这意义。如果大众语既是半路出家，新名词也还不很明白，这"落伍"可真是"彻底"了。

我想，为大众而练习大众语，倒是不该禁用那些"时髦字眼"的，最要紧的是教给他定义，教师对于中学生，和将来中学生的对于大众一样。譬如"纵断面"和"横断面"，解作"直切面"和"横切面"，就容易懂；倘说就是"横锯面"和"直锯面"，那么，连木匠学徒也明白了，无须识字。禁，是不好的，他们中有些人将永远模胡，"因为中学生不一定个个能升入大学而实现其做文豪或学者的理想的"。（一九三四年八月十四日）

奇怪（三）

"中国第一流作家"叶灵凤和穆时英两位先生编辑的《文艺画报》的大广告，在报上早经看见了。半个多月之后，才在店头看见这"画报"。既然是"画报"，看的人就自然也存着看"画报"的心，首先来看"画"。

不看还好，一看，可就奇怪了。

戴平万先生的《沈阳之旅》里，有三幅插图有些像日本人的手笔，记了一记，哦，原来是日本杂志店里，曾经见过的在《战争版画集》里的料治朝鸣的木刻，是为记念他们在奉天的战胜而作的，日本记念他对中国的战胜的作品，却就是被战胜国的作者的作品的插图——奇怪一。

再翻下去是穆时英先生的《墨绿衫的小姐》里，有三幅插画有些像麦绥莱勒的手笔，黑白分明，我曾从良友公司翻印的四本小书里记得了他的作法，而这回的木刻上的署名，也明明是 FM 两个字。莫非我们"中国第一流作家"的这作品，是豫先翻成法文，托麦绥莱勒刻了插画来的吗？——奇怪二。

这回是文字，《世界文坛了望台》了。开头就说，"法国的龚果尔奖金，去年出人意外地（白注：可恨！）颁给了一部以中国作题材的小说《人的命运》,它的作者是安得烈马尔路",但是,"或者由于立场的关系,这书在文字上总是受着赞美,而在内容上却一致的被一般报纸评论攻击,好像惋惜像马尔路这样才干的作家,何必也将文艺当作了宣传的工具"云。这样一"了望","好像"法国的为龚果尔奖金审查文学作品的人的"立场",乃是赞成"将文艺当作了宣传工具"的了——奇怪三。

不过也许这只是我自己的"少见多怪",别人倒并不如此的。先前的"见怪者",说是"见怪不怪,其怪自败",现在的"怪"却早已声明着,叫你"见莫怪"了。开卷就有《编者随笔》在——

"只是每期供给一点并不怎样沉重的文字和图画,使对于文艺有兴趣的读者能醒一醒被其他严重的问题所疲倦了的眼睛,或者破颜一笑,只是如此而已。"

原来"中国第一流作家"的玩着先前活剥"琵亚词侣",今年生吞麦绥莱勒的小玩艺,是在大才小用,不过要给人"醒一醒被其他严重的问题所疲倦了的眼睛,或者破颜一笑"。如果再从这醒眼的"文艺画"上又发生了问题,虽然并不"严重",不是究竟也辜负了两位"中国第一流作家"献技的苦心吗?

那么,我也来"破颜一笑"吧——

哈!

一九三四年十月二十五日

汉字和拉丁化

反对大众语文的人,对主张者得意地命令道:"拿出货色来看!"一面也有这样的老实人,毫不问他是诚意,还是寻开心,立刻拼命的来做标本。

由读书人来提倡大众语,当然比提倡白话困难。因为提倡白话时,好好坏坏,用的总算是白话,现在提倡大众语的文章却大抵不是大众语。但是,反对者是没有发命令的权利的。虽是一个残废人,倘在主张健康运动,他绝对没有错;如果提倡缠足,则即使是天足的壮健的女性,她还是在有意的或无意的害人。美国的水果大王,只为改良一种水果,尚且要费十来年的工夫,何况是问题大得多多的大众语。倘若就用他的矛去攻他的盾,那么,反对者该是赞成文言或白话的了,文言有几千年的历史,白话有近二十年的历史,他也拿出他的"货色"来给大家看看罢。

但是，我们也不妨自己来试验，在《动向》上，就已经有过三篇纯用土话的文章，胡绳先生看了之后，却以为还是非土话所写的句子来得清楚。其实，只要下一番工夫，是无论用什么土话写，都可以懂得的。据我个人的经验，我们那里的土话，和苏州很不同，但一部《海上花列传》，却教我"足不出户"的懂了苏白。先是不懂，硬着头皮看下去，参照记事，比较对话，后来就都懂了。自然，很困难。这困难的根，我以为就在汉字。每一个方块汉字，是都有它的意义的，现在用它来照样的写土话，有些是仍用本义的，有些却不过借音，于是我们看下去的时候，就得分析它那几个是用义，那几个是借音，惯了不打紧，开手却非常吃力了。

例如胡绳先生所举的例子，说"回到窝里向罢"也许会当作回到什么狗"窝"里去，反不如说"回到家里去"的清楚。那一句的病根就在汉字的"窝"字，实际上，恐怕是不该这么写法的。我们那里的乡下人，也叫"家里"作 Uwao—li，读书人去抄，也极容易写成"窝里"的，但我想，这 Uwao 其实是"屋下"两音的拼合，而又讹了一点，决不能用"窝"字随便来替代，如果只记下没有别的意义的音，就什么误解也不会有了。

大众语文的音数比文言和白话繁，如果还是用方块字来写，不但费脑力，也很费工夫，连纸墨都不经济。为了这方块的带病的遗产,我们的最大多数人,已经几千年做了文盲来殉难了,中国也弄到这模样,到别国已在人工造雨的时候,我们却还是拜蛇,迎神。如果大家还要活下去,我想:是只好请汉字来做我们的牺牲了。

现在只还有"书法拉丁化"的一条路。这和大众语文是分不开的。也还是从读书人首先试验起,先绍介过字母,拼法,然后写文章。开手是,像日本文那样,只留一点名词之类的汉字,而助词,感叹词,后来连形容词,动词也都用拉丁拼音写,那么,不但顺眼,对于了解也容易得远了。至于改作横行,那是当然的事。

这就是现在马上来实验,我以为也并不难。

不错,汉字是古代传下来的宝贝,但我们的祖先,比汉字还要古,所以我们更是古代传下来的宝贝。为汉字而牺牲我们,还是为我们而牺牲汉字呢?这是只要还没有丧心病狂的人,都能够马上回答的。

一九三四年八月二十三日

"莎士比亚"

严复提起过"狭斯丕尔",一提便完;梁启超说过"莎士比亚",也不见有人注意;田汉译了这人的一点作品,现在似乎不大流行了。到今年,可又有些"莎士比亚""莎士比亚"起来,不但杜衡先生由他的作品证明了群众的盲目,连拜服约翰生博士的教授也来译马克思"牛克斯"的断片。为什么呢?将何为呢?

而且听说,连苏俄也要排演原本"莎士比亚"剧了。

不演还可,一要演,却就给施蛰存先生看出了"丑态"——

"……苏俄最初是'打倒莎士比亚',后来是'改编莎士比亚',现在呢,不是要在戏剧季中'排演原本莎士比亚'了吗?(而且还要梅兰芳去演《贵妃醉酒》呢!)这种以政治方策运用之于文学的丑态,岂不令人齿冷!"(《现代》五卷五期,施蛰存《我与文言文》。)

苏俄太远,演剧季的情形我还不了然,齿的冷暖,暂且听便罢。但梅兰芳和一个记者的谈话,登在《大晚报》的《火炬》上,却没有说要去演《贵妃醉酒》。

施先生自己说:"我自有生以来三十年,除幼稚无知的时代以外,自信思想及言行都是一贯的。……"(同前)这当然非常之好。不过他所"言"的别人的"行",却未必一致,或者是偶然也会不一致的,如《贵妃醉酒》,便是目前的好例。

其实梅兰芳还没有动身,施蛰存先生却已经指定他要在"无产阶级"面前赤膊洗澡。这么一来,他们岂但"逐渐沾染了资产阶级的'余毒'"而已呢,也要沾染中国的国粹了。他们的文学青年,将来要描写宫殿的时候,会在"《文选》与《庄子》"里寻"词汇"也未可料的。

但是,做《贵妃醉酒》固然使施先生"齿冷",不做一下来凑趣,也使豫言家倒霉。两面都要不舒服,所以施先生又自己说:"在文艺上,我一向是个孤独的人,我何敢多撄众怒?"(同前)

末一句是客气话,赞成施先生的其实并不少,要不然,能堂而皇之的在杂志上发表吗?——这"孤独"是很有价值的。

一九三四年九月二十日

中秋二愿

前几天真是"悲喜交集"。刚过了国历的九一八,就是"夏历"的"中秋赏月",还有"海宁观潮"。因为海宁,就又有人来讲"乾隆皇帝是海宁陈阁老的儿子"了。这一个满洲"英明之主",原来竟是中国人掉的包,好不阔气,而且福气。不折一兵,不费一矢,单靠生殖机关便革了命,真是绝顶便宜。

中国人是尊家族,尚血统的,但一面又喜欢和不相干的人们去攀亲,我真不知道是什么意思。从小以来,什么"乾隆是从我们汉人的陈家悄悄的抱去的"呀,"我们元朝是征服了欧洲的"呀之类,早听的耳朵里起茧了,不料到得现在,纸烟铺子的选举中国政界伟人投票,还是列成吉思汗为其中之一人;开发民智的报章,还在讲满洲的乾隆皇帝是陈阁老的儿子。

古时候,女人的确去和过番;在演剧里,也有男人招为番邦的驸马，占了便宜，做得津津有味。就是近事，自然也还有拜侠客做干爷，给富翁当赘婿，陡了起来的，不过这不能算是体面的事情。男子汉，大丈夫，还当别有所能，别有所志，自恃着智力和另外的体力。要不然，我真怕将来大家又大说一通日本人是徐福的子孙。

一愿：从此不再胡乱和别人去攀亲。

但竟有人给文学也攀起亲来了，他说女人的才力，会因与男性的肉体关系而受影响，并举欧洲的几个女作家，都有文人做情人来作证据。于是又有人来驳他，说这是弗洛伊特说，不可靠。其实这并不是弗洛伊特说，他不至于忘记梭格拉第太太全不懂哲学，托尔斯泰太太不会做文章这些反证的。况且世界文学史上，有多少中国所谓"父子作家""夫妇作家"那些"肉麻当有趣"的人物在里面？因为文学和梅毒不同，并无霉菌，决不会由性交传给对手的。至于有"诗人"在钓一个女人，先捧之为"女诗人"，那是一种讨好的手段，并非他真传染给她了诗才。

二愿：从此眼光离开脐下三寸。

一九三四年九月二十五日

考场三丑

古时候，考试八股的时候，有三样卷子，考生是很失面子的，后来改考策论了，恐怕也还是这样子。第一样是"缴白卷"，只写上题目，做不出文章，或者简直连题目也不写。然而这最干净，因为别的再没有什么枝节了。第二样是"钞刊文"，他先已有了侥幸之心，读熟或带进些刊本的八股去，倘或题目相合，便即照钞，想瞒过考官的眼。品行当然比"缴白卷"的差了，但文章大抵是好的，所以也没有什么另外的枝节。第三样，最坏的是瞎写，不及格不必说，还要从瞎写的文章里，给人寻出许多笑话来。人们在茶余酒后作为谈资的，大概是这一种。

"不通"还不在其内，因为即使不通，他究竟是在看题目做文章了；况且做文章做到不通的境地也就不容易，我们对于中国古今文学家，敢保证谁决没有一句不通的文章呢？有些人自以为"通",那是因为他连"通""不通"都不了然的缘故。

今年的考官之流,颇在讲些中学生的考卷的笑柄。其实这病源就在于瞎写。那些题目,是只要能够钞刊文,就都及格的。例如问《十三经》是什么,文天祥是那朝人,全用不着自己来挖空心思做,一做,倒糟糕。于是使文人学士大叹国学之衰落,青年之不行,好像惟有他们是文林中的硕果似的,像煞有介事了。

但是,钞刊文可也不容易。假使将那些考官们锁在考场里,骤然问他几条较为陌生的古典,大约即使不瞎写,也未必不缴白卷的。我说这话,意思并不在轻议已成的文人学士,只以为古典多,记不清不足奇,都记得倒古怪。古书不是很有些曾经后人加过注解的么?那都是坐在自己的书斋里,查群籍,翻类书,穷年累月,这才脱稿,然而仍然有"未详",有错误。现在的青年当然是无力指摘它了,但作证的却有别人的什么"补正"在;而且补而又补,正而又正者,也时或有之。

由此看来,如果能钞刊文,而又敷衍得过去,这人便是现在的大人物;青年学生有一些错,不过是常人的本分而已,但竟为世诟病,我很诧异他们竟没有人呼冤。

一九三四年九月二十五日

骂杀与捧杀

现在有些不满于文学批评的,总说近几年的所谓批评,不外乎捧与骂。

其实所谓捧与骂者,不过是将称赞与攻击,换了两个不好看的字眼。指英雄为英雄,说娼妇是娼妇,表面上虽像捧与骂,实则说得刚刚合式,不能责备批评家的。批评家的错处,是在乱骂与乱捧,例如说英雄是娼妇,举娼妇为英雄。

批评的失了威力,由于"乱",甚而至于"乱"到和事实相反,这底细一被大家看出,那效果有时也就相反了。所以现在被骂杀的少,被捧杀的却多。

人古而事近的,就是袁中郎。这一班明末的作家,在文学史上,是自有他们的价值和地位的。而不幸被一群学者们捧了出来,颂扬,标点,印刷,"色借,日月借,烛借,青黄借,眼色无常。声借,钟鼓借,枯竹窍借……"借得他一塌胡涂,正如在中郎脸上，画上花脸，却指给大家看，啧啧赞叹道："看哪，这多么'性灵'呀！"对于中郎的本质，自然是并无关系的，但在未经别人将花脸洗清之前，这"中郎"总不免招人好笑，大触其霉头。

人近而事古的，我记起了泰戈尔。他到中国来了，开坛讲演，人给他摆出一张琴，烧上一炉香，左有林长民，右有徐志摩，各各头戴印度帽。徐诗人开始绍介了："唵！叽哩咕噜，白云清风，银磬……当！"说得他好像活神仙一样，于是我们的地上的青年们失望，离开了。神仙和凡人，怎能不离开呢？但我今年看见他论苏联的文章，自己声明道："我是一个英国治下的印度人。"他自己知道得明明白白。大约他到中国来的时候，决不至于还胡涂，如果我们的诗人诸公不将他制成一个活神仙，青年们对于他是不至于如此隔膜的。现在可是老大的晦气。

以学者或诗人的招牌，来批评或介绍一个作者，开初是很能够蒙混旁人的，但待到旁人看清了这作者的真相的时候，却只剩了他自己的不诚恳，或学识的不够了。然而如果没有旁人来指明真相呢，这作家就从此被捧杀，不知道要多少年后才翻身。

一九三四年十一月十九日

《三闲集》

序　言

　　我的第四本杂感《而已集》的出版，算起来已在四年之前了。去年春天，就有朋友催促我编集此后的杂感。看看近几年的出版界，创作和翻译，或大题目的长论文，是还不能说它寥落的，但短短的批评，纵意而谈，就是所谓"杂感"者，却确乎很少见。我一时也说不出这所以然的原因。

　　但粗粗一想，恐怕这"杂感"两个字，就使志趣高超的作者厌恶，避之惟恐不远了。有些人们，每当意在奚落我的时候，就往往称我为"杂感家"，以显出在高等文人的眼中的鄙视，便是一个证据。还有，我想，有名的作家虽然未必不改换姓名，写过这一类文字，但或者不过图报私怨，再提恐或玷其令名，或者别有深心，揭穿反有妨于战斗，因此就大抵任其消灭了。

　　"杂感"之于我，有些人固然看作"死症"，我自己确也因此很吃过一点苦,但编集是还想编集的。只因为翻阅刊物,剪帖成书,也是一件颇觉麻烦的事,因此拖延了大半年,终于没有动过手。一月二十八日之夜,上海打起仗来了,越打越凶,终于使我们只好单身出走,书报留在火线下,一任它烧得精光,我也可以靠这"火的洗礼"之灵,洗掉了"不满于现状"的"杂感家"这一个恶谥。殊不料三月底重回旧寓,书报却丝毫也没有损,于是就东翻西觅,开手编辑起来了,好像大病新愈的人,偏比平时更要照照自己的瘦削的脸,摩摩枯皱的皮肤似的。

我先编集一九二八至二九年的文字,篇数少得很,但除了五六回在北平上海的讲演,原就没有记录外,别的也仿佛并无散失。我记得起来了,这两年正是我极少写稿,没处投稿的时期。我是在二七年被血吓得目瞪口呆,离开广东的,那些吞吞吐吐,没有胆子直说的话,都载在《而已集》里。但我到了上海,却遇见文豪们的笔尖的围剿了,创造社,太阳社,"正人君子"们的新月社中人,都说我不好,连并不标榜文派的现在多升为作家或教授的先生们,那时的文字里,也得时常暗暗地奚落我几句,以表示他们的高明。我当初还不过是"有闲即是有钱","封建余孽"或"没落者",后来竟被判为主张杀青年的棒喝主义者了。这时候,有一个从广东自云避祸逃来,而寄住在我的寓里的廖君,也终于忿忿的对我说道:"我的朋友都看不起我,不和我来往了,说我和这样的人住在一处。"

那时候,我是成了"这样的人"的。自己编着的《语丝》,实乃无权,不单是有所顾忌,至于别处,则我的文章一向是被"挤"才有的,而目下正在"剿",我投进去干什么呢。所以只写了很少的一点东西。

现在我将那时所做的文字的错的和至今还有可取之处的,都收纳在这一本里。至于对手的文字呢,《鲁迅论》和《中国文艺论战》中虽然也有一些,但那都是峨冠博带的礼堂上的阳面的大文,并不足以窥见全体,我想另外搜集也是"杂感"一流的作品,编成一本,谓之《围剿集》。如果和我的这一本对比起来,不但可以增加读者的趣味,也更能明白别一面的,即阴面的战法的五花八门。这些方法一时恐怕不会失传,去年的"左翼作家都为了卢布"说,就是老谱里面的一着。自问和文艺有些关系的青年,仿照固然可以不必,但也不妨知道知道的。

其实呢,我自己省察,无论在小说中,在短评中,并无主张将青年来"杀,杀,杀"的痕迹,也没有怀着这样的心思。我一向是相信进化论的,总以为将来必胜于过去,青年必胜于老人,对于青年,我敬重之不暇,往往给我十刀,我只还他一箭。然而后来我明白我倒是错了。这并非唯物史观的理论或革命文艺的作品蛊惑我的,我在广东,就目睹了同是青年,而分成两大阵营,或则投书告密,或则助官捕人的事实!我的思路因此轰毁,后来便时常用了怀疑的眼光去看青年,不再无条件的敬畏了。然而此后也还为初初上阵的青年们呐喊几声,不过也没有什么大帮助。

这集子里所有的,大概是两年中所作的全部,只有书籍的序引,却只将觉得还有几句话可供参考之作,选录了几篇。当翻检书报时,一九二七年所写而没有编在《而已集》里的东西,也忽然发见了一点,我想,大约《夜记》是因为原想另成一书,讲演和通信是因为浅薄或不关紧要,所以那时不收在内的。

但现在又将这编在前面,作为《而已集》的补遗了。我另有了一样想头,以为只要看一篇讲演和通信中所引的文章,便足可明白那时香港的面目。我去讲演,一共两回,第一天是《老调子已经唱完》,现在寻不到底稿了,第二天便是这《无声的中国》,粗浅平庸到这地步,而竟至于惊为"邪说",禁止在报上登载的。是这样的香港。但现在是这样的香港几乎要遍中国了。

我有一件事要感谢创造社的,是他们"挤"我看了几种科学底文艺论,明白了先前的文学史家们说了一大堆,还是纠缠不清的疑问。并且因此译了一本蒲力汗诺夫的《艺术论》,以救正我——还因我而及于别人——的只信进化论的偏颇。但是，我将编《中国小说史略》时所集的材料，印为《小说旧闻钞》，以省青年的检查之力，而成仿吾以无产阶级之名，指为"有闲"，而且"有闲"还至于有三个，却是至今还不能完全忘却的。我以为无产阶级是不会有这样锻炼周纳法的，他们没有学过"刀笔"。编成而名之曰《三闲集》，尚以射仿吾也。

    一九三二年四月二十四日之夜，编讫并记

无声的中国

——二月十六日在香港青年会讲

  以我这样没有什么可听的无聊的讲演,又在这样大雨的时候,竟还有这许多来听的诸君,我首先应当声明我的郑重的感谢。

  我现在所讲的题目是:《无声的中国》。

  现在,浙江,陕西,都在打仗,那里的人民哭着呢还是笑着呢,我们不知道。香港似乎很太平,住在这里的中国人,舒服呢还是不很舒服呢,别人也不知道。

  发表自己的思想,感情给大家知道的是要用文章的,然而拿文章来达意,现在一般的中国人还做不到。这也怪不得我们;因为那文字,先就是我们的祖先留传给我们的可怕的遗产。人们费了多年的工夫,还是难于运用。因为难,许多人便不理它了,甚至于连自己的姓也写不清是张还是章,或者简直不会写，或者说道：Chang。虽然能说话，而只有几个人听到，远处的人们便不知道，结果也等于无声。又因为难，有些人便当作宝贝，像玩把戏似的，之乎者也，只有几个人懂，——其实是不知道可真懂，而大多数的人们却不懂得，结果也等于无声。

文明人和野蛮人的分别，其一，是文明人有文字，能够把他们的思想，感情，藉此传给大众，传给将来。中国虽然有文字，现在却已经和大家不相干，用的是难懂的古文，讲的是陈旧的古意思，所有的声音，都是过去的，都就是只等于零的。所以，大家不能互相了解，正像一大盘散沙。

将文章当作古董，以不能使人认识，使人懂得为好，也许是有趣的事罢。但是，结果怎样呢？是我们已经不能将我们想说的话说出来。我们受了损害，受了侮辱，总是不能说出些应说的话。拿最近的事情来说，如中日战争，拳匪事件，民元革命这些大事件，一直到现在，我们可有一部像样的著作？民国以来，也还是谁也不作声。反而在外国，倒常有说起中国的，但那都不是中国人自己的声音，是别人的声音。

这不能说话的毛病，在明朝是还没有这样厉害的；他们还比较地能够说些要说的话。待到满洲人以异族侵入中国，讲历史的，尤其是讲宋末的事情的人被杀害了，讲时事的自然也被杀害了。所以，到乾隆年间，人民大家便更不敢用文章来说话了。所谓读书人，便只好躲起来读经，校刊古书，做些古时的文章，和当时毫无关系的文章。有些新意，也还是不行的；不是学韩，便是学苏。韩愈苏轼他们，用他们自己的文章来说当时要说的话，那当然可以的。我们却并非唐宋时人，怎么做和我们毫无关系的时候的文章呢。即使做得像，也是唐宋时代的声音，韩愈苏轼的声音，而不是我们现代的声音。然而直到现在，中国人却还耍着这样的旧戏法。人是有的，没有声音，寂寞得很。——人会没有声音的么？没有，可以说：是死了。倘要说得客气一点，那就是：已经哑了。

要恢复这多年无声的中国，是不容易的，正如命令一个死掉的人道："你活过来！"我虽然并不懂得宗教，但我以为正如想出现一个宗教上之所谓"奇迹"一样。

首先来尝试这工作的是"五四运动"前一年，胡适之先生所提倡的"文学革命"。"革命"这两个字，在这里不知道可害怕，有些地方是一听到就害怕的。但这和文学两字连起来的"革命"，却没有法国革命的"革命"那么可怕，不过是革新，改换一个字，就很平和了，我们就称为"文学革新"罢，中国文字上，这样的花样是很多的。那大意也并不可怕，不过说：我们不必再去费尽心机，学说古代的死人的话，要说现代的活人的话；不要将文章看作古董，要做容易懂得的白话的文章。然而，单是文学革新是不够的，因为腐败思想，能用古文做，也能用白话做。所以后来就有人提倡思想革新。思想革新的结果，是发生社会革新运动。这运动一发生，自然一面就发生反动，于是便酿成战斗……。

但是，在中国，刚刚提起文学革新，就有反动了。不过白话文却渐渐风行起来，不大受阻碍。这是怎么一回事呢？就因为当时又有钱玄同先生提倡废止汉字，用罗马字母来替代。这本也不过是一种文字革新，很平常的，但被不喜欢改革的中国人听见，就大不得了了，于是便放过了比较的平和的文学革命，而竭力来骂钱玄同。白话乘了这一个机会，居然减去了许多敌人，反而没有阻碍，能够流行了。

中国人的性情是总喜欢调和，折中的。譬如你说，这屋子太暗，须在这里开一个窗，大家一定不允许的。但如果你主张拆掉屋顶，他们就会来调和，愿意开窗了。没有更激烈的主张，他们总连平和的改革也不肯行。那时白话文之得以通行，就因为有废掉中国字而用罗马字母的议论的缘故。

其实，文言和白话的优劣的讨论，本该早已过去了，但中国是总不肯早早解决的，到现在还有许多无谓的议论。例如，有的说：古文各省人都能懂，白话就各处不同，反而不能互相了解了。殊不知这只要教育普及和交通发达就好，那时就人人都能懂较为易解的白话文；至于古文，何尝各省人都能懂，便是一省里，也没有许多人懂得的。有的说：如果都用白话文，人们便不能看古书，中国的文化就灭亡了。其实呢，现在的人们大可以不必看古书，即使古书里真有好东西，也可以用白话来译出的，用不着那么心惊胆战。他们又有人说，外国尚且译中国书，足见其好，我们自己倒不看么？殊不知埃及的古书，外国人也译，非洲黑人的神话，外国人也译，他们别有用意，即使译出，也算不了怎样光荣的事的。

近来还有一种说法，是思想革新紧要，文字改革倒在其次，所以不如用浅显的文言来作新思想的文章，可以少招一重反对。这话似乎也有理。然而我们知道，连他长指甲都不肯剪去的人，是决不肯剪去他的辫子的。

因为我们说着古代的话，说着大家不明白，不听见的话，已经弄得像一盘散沙，痛痒不相关了。我们要活过来，首先就须由青年们不再说孔子孟子和韩愈柳宗元们的话。时代不同，情形也两样，孔子时代的香港不这样，孔子口调的"香港论"是无从做起的，"吁嗟阔哉香港也"，不过是笑话。

我们要说现代的，自己的话；用活着的白话，将自己的思想，感情直白地说出来。但是，这也要受前辈先生非笑的。他们说白话文卑鄙，没有价值；他们说年青人作品幼稚，贻笑大方。我们中国能做文言的有多少呢，其余的都只能说白话，难道这许多中国人，就都是卑鄙，没有价值的么？至于幼稚，尤其没有什么可羞，正如孩子对于老人，毫没有什么可羞一样。

幼稚是会生长，会成熟的，只不要衰老，腐败，就好。倘说待到纯熟了才可以动手，那是虽是村妇也不至于这样蠢。她的孩子学走路，即使跌倒了，她决不至于叫孩子从此躺在床上，待到学会了走法再下地面来的。

青年们先可以将中国变成一个有声的中国。大胆地说话，勇敢地进行，忘掉了一切利害，推开了古人，将自己的真心的话发表出来。——真，自然是不容易的。譬如态度，就不容易真，讲演时候就不是我的真态度，因为我对朋友，孩子说话时候的态度是不这样的。——但总可以说些较真的话，发些较真的声音。只有真的声音，才能感动中国的人和世界的人；必须有了真的声音，才能和世界的人同在世界上生活。

我们试想现在没有声音的民族是那几种民族。我们可听到埃及人的声音？可听到安南，朝鲜的声音？印度除了泰戈尔，别的声音可还有？

我们此后实在只有两条路：一是抱着古文而死掉，一是舍掉古文而生存。

一九二七年

吊与贺

《语丝》在北京被禁之后,一个相识者寄给我一块剪下的报章,是十一月八日的北京《民国晚报》的《华灯》栏,内容是这样的:

吊丧文　　　　孔伯尼

项闻友云:"《语丝》已停",其果然欤?查《语丝》问世,三年于斯,素无余润,常经风波。以久特闻,迄未少衰焉。方期益臻坚壮,岂意中道而崩?"闲话"失慎,"随感"伤风欤?抑有他故耶?岂明老人再不兴风作浪,叛徒首领无从发令施威;忠臣孝子,或可少申余愤;义士仁人,大宜下井投石。"语丝派"已亡,众怒少息,"拥旗党"犹在,五色何忧?从此狂澜平静,邪说歼绝。有关风化,良匪浅鲜!则《语丝》之停也,岂不懿欤?所惜者余孽未尽,祸根犹存,复萌故态,诚堪预防!自宜除恶务尽,何容姑息养奸?兴仁义师,招抚并用;设文字狱,赏罚分明。打倒异端,惩办祸首;以安民心,而属众望。岂惟功垂不朽;曷止德及黎庶?抑亦国旗为荣耶?效《狂飙》之往例,草《语丝》之哀辞,当仁不让,舍我其谁?朝野君子,乞勿忽之。

未废标点,已禁语体之秋,阳历晦日,杏坛上。

先前没有想到,这回却记得起来了。去年我在厦门岛上时,也有一个朋友剪寄我一片报章,是北京的《每日评论》,日子是"丙寅年十二月二十……",阳历的日子被剪掉了。内容是这一篇:——

挽狂飙　　　　　燕生

不料我刚作了《读狂飙》一文之后,《狂飙》疾终于上海正寝的讣闻随着就送到了。本来《狂飙》的不会长命百岁,是我们早已料到的,但它夭折的这样快,却确乎

"出人意表之外"。尤其是当这与"思想界的权威者"正在宣战的时候,而突然得到如此的结果,多心的人也许会猜疑到权威者的反攻战略上面,"这话当然不确","不过"自由批评家所走不到的光华书局,"思想界的权威"也许竟能走得到了,于是乎《狂飙》乃停,于是乎《狂飙》乃不得不停。

但当今之世,权威亦多矣,《狂飙》所得罪者不知是南方之强欤?北方之强欤?抑……欤?

思想家究竟不如武人爽快,《狂飙》虽停,而长虹终于能安然走到北京,这个,我们倒要向长虹道贺。

呜呼!回想非宗教大同盟轰轰烈烈之际,则有五教授慨然署名于拥护思想自由之宣言,曾几何时,而自由批评已成为反动者唯一之口号矣。自由乎!自由乎!其随线装书以入于毛厕坑中乎!嘻嘻!咄咄!

《语丝》本来并非选定了几个人,加以恭维或攻击或诅咒之后,便将作者和刊物的荣枯存灭,都推在这几个人的身上的出版物。但这回的禁终于燕京北寝的讣闻,却"也许"不"会猜疑到权威者的反攻战略上面"去了罢。诚然,我亦觉得"思想家究竟不如武人爽快"也!

但是,这个,我倒要向燕生和五色国旗道贺。

一九二七年十二月四日,于上海正寝

"醉眼"中的朦胧

　　旧历和新历的今年似乎于上海的文艺家们特别有着刺激力,接连的两个新正一过,期刊便纷纷而出了。他们大抵将全力用尽在伟大或尊严的名目上,不惜将内容压杀。连产生了不止一年的刊物,也显出拼命的挣扎和突变来。作者呢,有几个是初见的名字,有许多却还是看熟的,虽然有时觉得有些生疏,但那是因为停笔了一年半载的缘故。他们先前在做什么,为什么今年一齐动笔了?说起来怕话长。要而言之,就因为先前可以不动笔,现在却只好来动笔,仍如旧日的无聊的文人,文人的无聊一模一样。这是有意识或无意识地,大家都有些自觉的,所以总要向读者声明"将来":不是"出国","进研究室",便是"取得民众"。功业不在目前,一旦回国,出室,得民之后,那可是非同小可了。自然,倘有远识的人,小心的人,怕事的人,投机的人,最好是此刻豫致"革命的敬礼"。

一到将来，就要"悔之晚矣"了。

然而各种刊物，无论措辞怎样不同，都有一个共通之点，就是：有些朦胧。这朦胧的发祥地，由我看来，——虽然是冯乃超的所谓"醉眼陶然"——也还在那有人爱，也有人憎的官僚和军阀。和他们已有瓜葛，或想有瓜葛的，笔下便往往笑迷迷，向大家表示和气，然而有远见，梦中又害怕铁锤和镰刀，因此也不敢分明恭维现在的主子，于是在这里留着一点朦胧。和他们瓜葛已断，或则并无瓜葛，走向大众去的，本可以毫无顾忌地说话了，但笔下即使雄纠纠，对大家显英雄，会忘却了他们的指挥刀的傻子是究竟不多的，这里也就留着一点朦胧。于是想要朦胧而终于透漏色彩的，想显色彩而终于不免朦胧的，便都在同地同时出现了。

其实朦胧也不关怎样紧要。便在最革命的国度里，文艺方面也何尝不带些朦胧。然而革命者决不怕批判自己，他知道得很清楚，他们敢于明言。惟有中国特别，知道跟着人称托尔斯泰为"卑污的说教人"了，而对于中国"目前的情状"，却只觉得在"事实上，社会各方面亦正受着乌云密布的势力的支配"，连他的"剥去政府的暴力，裁判行政的喜剧的假面"的勇气的几分之一也没有；知道人道主义不彻底了，但当"杀人如草不闻声"的时候，连人道主义式的抗争也没有。剥去和抗争，也不过是"咬文嚼字"，并非"直接行动"。我并不希望做文章的人去直接行动，我知道做文章的人是大概只能做文章的。

可惜略迟了一点，创造社前年招股本，去年请律师，今年才揭起"革命文学"的旗子，复活的批评家成仿吾总算离开守护"艺术之宫"的职掌，要去"获得大众"，并且给革命文学家"保障最后的胜利"了。这飞跃也可以说是必然的。弄文艺的人们大抵敏感，时时也感到，而且防着自己的没落，如漂浮在大海里一般，拼命向各处抓攫。二十世纪以来的表现主义，踏踏主义，什么什么主义的此兴彼衰，便是这透露的消息。现在则已是大时代，动摇的时代，转换的时代，中国以外，阶级的对立大抵已经十分锐利化，农工大众日日显得着重，倘要将自己从没落救出，当然应该向他们去了。何况"呜呼！小资产阶级原有两个灵魂。……"虽然也可以向资产阶级去，但也能够向无产阶级去的呢。

这类事情，中国还在萌芽，所以见得新奇，须做《从文学革命到革命文学》那样的大题目，但在工业发达，贫富悬隔的国度里，却已是平常的事情。或者因为看准了将来的天下，是劳动者的天下，跑过去了；或者因为倘帮强者，宁帮弱者，跑过去了；或者两样都有，错综地作用着，跑过去了。也可以说，或者因为恐怖，或者因为良心。成仿吾教人克服小资产阶级根性，拉"大众"来作"给与"和"维持"的材料，文章完了，却正留下一个不小的问题：

倘若难于"保障最后的胜利"，你去不去呢？

这实在还不如在成仿吾的祝贺之下，也从今年产生的《文化批判》上的李初梨的文章，索性主张无产阶级文学，但无须无产者自己来写；无论出身是什么阶级，无论所处是什么环境，只要"以无产阶级的意识，产生出来的一种的斗争的文学"就是，直截爽快得多了。但他一看见"以趣味为中心"的可恶的"语丝派"的人名就不免曲折，仍旧"要问甘人君，鲁迅是第几阶级的人？"

我的阶级已由成仿吾判定："他们所矜持的是'闲暇，闲暇，第三个闲暇'；他们是代表着有闲的资产阶级，或者睡在鼓里的小资产阶级。……如果北京的乌烟瘴气不用十万两无烟火药炸开的时候，他们也许永远这样过活的罢。"

我们的批判者才将创造社的功业写出，加以"否定的否定"，要去"获得大众"的时候，便已梦想"十万两无烟火药"，并且似乎要将我挤进"资产阶级"去（因为"有闲就是有钱"云），我倒颇也觉得危险了。后来看见李初梨说："我以为一个作家，不管他是第一第二……第百第千阶级的人，他都可以参加无产阶级文学运动；不过我们先要审察他们的动机。……"这才有些放心，但可虑的是对于我仍然要问阶级。"有闲便是有钱"；倘使无钱，该是第四阶级，可以"参加无产阶级文学运动"了罢,但我知道那时又要问"动机"。总之,最要紧是"获得无产阶级的阶级意识",——这回可不能只是"获得大众"便算完事了。横竖缠不清,最好还是让李初梨去"由艺术的武器到武器的艺术",让成仿吾去坐在半租界里积蓄"十万两无烟火药",我自己是照旧讲"趣味"。

那成仿吾的"闲暇,闲暇,第三个闲暇"的切齿之声,在我是觉得有趣的。因为我记得曾有人批评我的小说,说是"第一个是冷静,第二个是冷静,第三个还是冷静","冷静"并不算好批判,但不知怎地竟像一板斧劈着了这位革命的批评家的记忆中枢似的,从此"闲暇"也有三个了。倘有四个,连《小说旧闻钞》也不写,或者只有两个,见得比较地忙,也许可以不至于被"奥伏赫变"("除掉"的意思,Aufheben 的创造派的译音,但我不解何以要译得这么难写,在第四阶级,一定比照描一个原文难)罢,所可惜的是偏偏是三个。但先前所定的不"努力表现自己"之罪,大约总该也和成仿吾的"否定的否定",一同勾消了。

创造派"为革命而文学",所以仍旧要文学,文学是现在最紧要的一点,因为将"由艺术的武器,到武器的艺术",一到"武器的艺术"的时候,便正如"由批判的武器,到用武器的批判"的时候一般,世界上有先例,"徘徊者变成同意者,反对者变成徘徊者"了。

但即刻又有一点不小的问题：为什么不就到"武器的艺术"呢？

这也很像"有产者差来的苏秦的游说"。但当现在"无产者未曾从有产者意识解放以前"，这问题是总须起来的，不尽是资产阶级的退兵或反攻的毒计。因为这极彻底而勇猛的主张，同时即含有可疑的萌芽了。那解答只好是这样：

因为那边正有"武器的艺术"，所以这边只能"艺术的武器"。

这艺术的武器，实在不过是不得已，是从无抵抗的幻影脱出，坠入纸战斗的新梦里去了。但革命的艺术家，也只能以此维持自己的勇气，他只能这样。倘他牺牲了他的艺术，去使理论成为事实，就要怕不成其为革命的艺术家。因此必然的应该坐在无产阶级的阵营中，等待"武器的铁和火"出现。这出现之际，同时拿出"武器的艺术"来。倘那时铁和火的革命者已有一个"闲暇"，能静听他们自叙的功勋，那也就成为一样的战士了。最后的胜利。然而文艺是还是批判不清的，因为社会有许多层，有先进国的史实在；要取目前的例，则《文化批判》已经拖住 Upton Sinclair，《创造月刊》也背了 Vigny 在"开步走"了。

倘使那时不说"不革命便是反革命"，革命的迟滞是"语丝派"之所为，给人家扫地也还可以得到半块面包吃，我便将于八时间工作之暇,坐在黑房里,续钞我的《小说旧闻钞》,有几国的文艺也还是要谈的,因为我喜欢。所怕的只是成仿吾们真像符拉特弥尔·伊力支一般,居然"获得大众";那么,他们大约更要飞跃又飞跃,连我也会升到贵族或皇帝阶级里,至少也总得充军到北极圈内去了。译著的书都禁止,自然不待言。

不远总有一个大时代要到来。现在创造派的革命文学家和无产阶级作家虽然不得已而玩着"艺术的武器",而有着"武器的艺术"的非革命武学家也玩起这玩意儿来了,有几种笑迷迷的期刊便是这。他们自己也不大相信手里的"武器的艺术"了罢。那么,这一种最高的艺术——"武器的艺术"现在究竟落在谁的手里了呢?只要寻得到,便知道中国的最近的将来。

一九二八年二月二十三日

扁

中国文艺界上可怕的现象,是在尽先输入名词,而并不绍介这名词的函义。

于是各各以意为之。看见作品上多讲自己,便称之为表现主义;多讲别人,是写实主义;见女郎小腿肚作诗,是浪漫主义;见女郎小腿肚不准作诗,是古典主义;天上掉下一颗头,头上站着一头牛,爱呀,海中央的青霹雳呀……是未来主义……等等。

还要由此生出议论来。这个主义好,那个主义坏……等等。

乡间一向有一个笑谈:两位近视眼要比眼力,无可质证,便约定到关帝庙去看这一天新挂的扁额。他们都先从漆匠探得字句。但因为探来的详略不同,只知道大字的那一个便不服,争执起来了,说看见小字的人是说谎的。又无可质证,只好一同探问一个过路的人。那人望了一望,回答道:"什么也没有。

扁还没有挂哩。"我想,在文艺批评上要比眼力,也总得先有那块扁额挂起来才行。空空洞洞的争,实在只有两面自己心里明白。

一九二八年四月十日

花边文学

太平歌诀

四月六日的《申报》上有这样的一段记事：

"南京市近日忽发现一种无稽谣传，谓总理墓行将工竣，石匠有摄收幼童灵魂，以合龙口之举。市民以讹传讹，自相惊扰，因而家家幼童，左肩各悬红布一方，上书歌诀四句，借避危险。其歌诀约有三种：（一）人来叫我魂，自叫自当承。叫人叫不着，自己顶石坟。（二）石叫石和尚，自叫自承当。急早回家转，免去顶坟坛。（三）你造中山墓，与我何相干？一叫魂不去，再叫自承当。"（后略）

这三首中的无论那一首，虽只寥寥二十字，但将市民的见解：对于革命政府的关系，对于革命者的感情，都已经写得淋漓尽致。虽有善于暴露社会黑暗面的文学家，恐怕也难有做到这么简明深切的了。"叫人叫不着，自己顶石坟"。则竟包括了许多革命者的传记和一部中国革命的历史。

看看有些人们的文字，似乎硬要说现在是"黎明之前"。然而市民是这样的市民，黎明也好，黄昏也好，革命者们总不能不背着这一伙市民进行。鸡肋，弃之不甘，食之无味，就要这样地牵缠下去。五十一百年后能否就有出路，是毫无把握的。

近来的革命文学家往往特别畏惧黑暗，掩藏黑暗，但市民却毫不客气，自己表现了。那小巧的机灵和这厚重的麻木相撞，便使革命文学家不敢正视社会现象，变成婆婆妈妈，欢迎喜鹊，憎厌枭鸣，只检一点吉祥之兆来陶醉自己，于是就算超出了时代。

恭喜的英雄，你前去罢，被遗弃了的现实的现代，在后面恭送你的行旌。

但其实还是同在。你不过闭了眼睛。不过眼睛一闭，"顶石坟"却可以不至于了，这就是你的"最后的胜利"。

一九二八年四月十日

铲共大观

仍是四月六日的《申报》上，又有一段《长沙通信》，叙湘省破获共产党省委会，"处死刑者三十余人，黄花节斩决八名"。其中有几处文笔做得极好，抄一点在下面：

"……是日执行之后，因马（淑纯，十六岁；志纯，十四岁）傅（凤君，二十四岁）三犯，系属女性，全城男女往观者，终日人山人海，拥挤不通。加以共魁郭亮之首级，又悬之司门口示众，往观者更众。司门口八角亭一带，交通为之断绝。计南门一带民众，则看郭亮首级后，又赴教育会看女尸。北门一带民众，则在教育会看女尸后，又往司门口看郭首级。全城扰攘，铲共空气，为之骤张；直至晚间，观者始不似日间之拥挤。"

抄完之后，觉得颇不妥。因为我就想发一点议论，然而立刻又想到恐怕一面有人疑心我在冷嘲（有人说，我是只喜欢冷嘲的），一面又有人责罚我传播黑暗，因此咒我灭亡，自己带着一切黑暗到地底里去。但我熬不住，——别的议论就少发一点罢，单从"为艺术的艺术"说起来，你看这不过一百五六十字的文章，就多么有力。我一读，便仿佛看见司门口挂着一颗头，教育会前列着三具不连头的女尸。而且至少是赤膊的，——但这也许我猜得不对，是我自己太黑暗之故。而许多"民众"，一批是由北往南，一批是由南往北，挤着，嚷着……。再添一点蛇足，是脸上都表现着或者正在神往，或者已经满足的神情。在我所见的"革命文学"或"写实文学"中，还没有遇到过这么强有力的文学。批评家罗喀绥夫斯奇说的罢："安特列夫竭力要我们恐怖，我们却并不怕；契诃夫不这样，我们倒恐怖了。"这百余字实在抵得上小说一大堆，何况又是事实。

且住。再说下去，恐怕有些英雄们又要责我散布黑暗，阻碍革命了。一理是也有一理的，现在易犯嫌疑，忠实同志被误解为共党，或关或释的，报上向来常见。万一不幸，沉冤莫白，那真是……。倘使常常提起这些来，也许未免会短壮士之气。但是，革命被头挂退的事是很少有的，革命的完结，大概只由于投机者的潜入。也就是内里蛀空。这并非指赤化，任何主义的革命都如此。但不是正因为黑暗，正因为没有出路，所以要革命的么？倘必须前面贴着"光明"和"出路"的包票，这才雄赳赳地去革命,那就不但不是革命者,简直连投机家都不如了。虽是投机,成败之数也不能预卜的。

我临末还要揭出一点黑暗,是我们中国现在(现在!不是超时代的)的民众,其实还不很管什么党,只要看"头"和"女尸"。只要有,无论谁的都有人看,拳匪之乱,清末党狱,民二,去年和今年,在这短短的二十年中,我已经目睹或耳闻了好几次了。

一九二八年四月十日

革命咖啡店

革命咖啡店的革命底广告式文字,昨天在报章上看到了,仗着第四个"有闲",先抄一段在下面:

"……但是读者们,我却发现了这样一家我们所理想的乐园,我一共去了两次,我在那里遇见了我们今日文艺界上的名人,龚冰庐,鲁迅,郁达夫等。并且认识了孟超,潘汉年,叶灵凤等,他们有的在那里高谈着他们的主张,有的在那里默默沉思,我在那里领会到不少教益呢。……"

遥想洋楼高耸,前临阔街,门口是晶光闪灼的玻璃招牌,楼上是"我们今日文艺界上的名人",或则高谈,或则沉思,面前是一大杯热气蒸腾的无产阶级咖啡,远处是许许多多"龌龊的农工大众",他们喝着,想着,谈着,指导着,获得着,那是,倒也实在是"理想的乐园"。

何况既喝咖啡,又领"教益"呢?上海滩上,一举两得的买卖本来多。大如弄几本杂志，便算革命；小如买多少钱书籍，即赠送真丝光袜或请吃冰淇淋——虽然我至今还猜不透那些惠顾的人们，究竟是意在看书呢，还是要穿丝光袜。至于咖啡店，先前只听说不过可以兼看舞女，使女，"以饱眼福"罢了。谁料这回竟是"名人"，给人"教益"，还演"高谈""沉思"种种好玩的把戏，那简直是现实的乐园了。

但我又有几句声明——就是：这样的咖啡店里，我没有上去过，那一位作者所"遇见"的，又是别一人。因为：一，我是不喝咖啡的，我总觉得这是洋大人所喝的东西（但这也许是我的"时代错误"），不喜欢，还是绿茶好。二，我要抄"小说旧闻"之类，无暇享受这样乐园的清福。三，这样的乐园，我是不敢上去的，革命文学家，要年青貌美，齿白唇红，如潘汉年叶灵凤辈，这才是天生的文豪，乐园的材料；如我者，在《战线》上就宣布过一条"满口黄牙"的罪状，到那里去高谈，岂不亵渎了"无产阶级文学"么？还有四，则即使我要上去，也怕走不到，至多，只能在店后门远处彷徨彷徨，嗅嗅咖啡渣的气息罢了。你看这里面不很有些在前线的文豪么，我却是"落伍者"，决不会坐在一屋子里的。

以上都是真话。叶灵凤革命艺术家曾经画过我的像，说是躲在酒坛的后面。这事的然否我不谈。现在所要声明的，只是这乐园中我没有去，也不想去，并非躲在咖啡杯后面在骗人。

杭州另外有一个鲁迅时,我登了一篇启事,"革命文学家"就挖苦了。但现在仍要自己出手来做一回,一者因为我不是咖啡,不愿意在革命店里做装点;二是我没有创造社那么阔,有一点事就一个律师,两个律师。

一九二八年八月十日

现今的新文学的概观

——五月二十二日在燕京大学国文学会讲

这一年多,我不很向青年诸君说什么话了,因为革命以来,言论的路很窄小,不是过激,便是反动,于大家都无益处。这一次回到北平,几位旧识的人要我到这里来讲几句,情不可却,只好来讲几句。但因为种种琐事,终于没有想定究竟来讲什么——连题目都没有。

那题目,原是想在车上拟定的,但因为道路坏,汽车颠起来有尺多高,无从想起。我于是偶然感到,外来的东西,单取一件,是不行的,有汽车也须有好道路,一切事总免不掉环境的影响。文学——在中国的所谓新文学,所谓革命文学,也是如此。

中国的文化,便是怎样的爱国者,恐怕也大概不能不承认是有些落后。新的事物,都是从外面侵入的。新的势力来到了，大多数的人们还是莫名其妙。北平还不到这样，譬如上海租界，那情形，外国人是处在中央，那外面，围着一群翻译，包探，巡捕，西崽……之类，是懂得外国话，熟悉租界章程的。这一圈之外，才是许多老百姓。

老百姓一到洋场，永远不会明白真实情形，外国人说"Yes"，翻译道，"他在说打一个耳光"，外国人说"No"，翻出来却是他说"去枪毙"。倘想要免去这一类无谓的冤苦，首先是在知道得多一点，冲破了这一个圈子。

在文学界也一样，我们知道得太不多，而帮助我们知识的材料也太少。梁实秋有一个白璧德，徐志摩有一个泰戈尔，胡适之有一个杜威，——是的，徐志摩还有一个曼殊斐儿，他到她坟上去哭过，——创造社有革命文学，时行的文学。不过附和的，创作的很有，研究的却不多，直到现在，还是给几个出题目的人们圈了起来。

各种文学，都是应环境而产生的，推崇文艺的人，虽喜欢说文艺足以煽起风波来，但在事实上，却是政治先行，文艺后变。倘以为文艺可以改变环境，那是"唯心"之谈，事实的出现，并不如文学家所豫想。所以巨大的革命，以前的所谓革命文学者还须灭亡，待到革命略有结果，略有喘息的余裕，这才产生新的革命文学者。为什么呢，因为旧社会将近崩坏之际，是常常会有近似带革命性的文学作品出现的，然而其实并非真的革命文学。例如：或者憎恶旧社会，而只是憎恶，更没有对于将来的理想；或者也大呼改造社会，而问他要怎样的社会，却是不能实现的乌托邦；或者自己活得无聊了，便空泛地希望一大转变，来作刺戟，正如饱于饮食的人，想吃些辣椒爽口；更下的是原是旧式人物，但在社会里失败了，却想另挂新招牌，靠新兴势力获得更好的地位。

希望革命的文人，革命一到，反而沉默下去的例子，在中国便曾有过的。即如清末的南社，便是鼓吹革命的文学团体，他们叹汉族的被压制，愤满人的凶横，渴望着"光复旧物"。但民国成立以后，倒寂然无声了。我想，这是因为他们的理想，是在革命以后，"重见汉官威仪"，峨冠博带。而事实并不这样，所以反而索然无味，不想执笔了。俄国的例子尤为明显，十月革命开初，也曾有许多革命文学家非常惊喜，欢迎这暴风雨的袭来，愿受风雷的试炼。但后来，诗人叶遂宁，小说家索波里自杀了，近来还听说有名的小说家爱伦堡有些反动。这是什么缘故呢？就因为四面袭来的并不是暴风雨，来试炼的也并非风雷，却是老老实实的"革命"。空想被击碎了，人也就活不下去，这倒不如古时候相信死后灵魂上天，坐在上帝旁边吃点心的诗人们福气。因为他们在达到目的之前，已经死掉了。

中国，据说，自然是已经革了命，——政治上也许如此罢，但在文艺上，却并没有改变。有人说，"小资产阶级文学之抬头"了，其实是，小资产阶级文学在那里呢，连"头"也没有，那里说得到"抬"。这照我上面所讲的推论起来，就是文学并不变化和兴旺，所反映的便是并无革命和进步，——虽然革命家听了也许不大喜欢。

至于创造社所提倡的，更彻底的革命文学——无产阶级文学，自然更不过是一个题目。这边也禁，那边也禁的王独清的从上海租界里遥望广州暴动的诗，"Pong Pong Pong"，铅字逐渐大了起来，只在说明他曾为电影的字幕和上海的酱园招牌所感动，有模仿勃洛克的《十二个》之志而无其力和才。郭沫若的《一只手》是很有人推为佳作的，但内容说一个革命者革命之后失了一只手，所余的一只还能和爱人握手的事，却未免"失"得太巧。五体，四肢之中，倘要失去其一，实在还不如一只手；一条腿就不便，头自然更不行了。只准备失去一只手，是能减少战斗的勇往之气的；我想，革命者所不惜牺牲的，一定不只这一点。《一只手》也还是穷秀才落难，后来终于中状元，谐花烛的老调。

但这些却也正是中国现状的一种反映。新近上海出版的革命文学的一本书的封面上，画着一把钢叉，这是从《苦闷的象征》的书面上取来的，叉的中间的一条尖刺上，又安一个铁锤，这是从苏联的旗子上取来的。然而这样地合了起来，却弄得既不能刺,又不能敲,只能在表明这位作者的庸陋,——也正可以做那些文艺家的徽章。

从这一阶级走到那一阶级去,自然是能有的事,但最好是意识如何,便一一直说,使大众看去,为仇为友,了了分明。不要脑子里存着许多旧的残滓,却故意瞒了起来,演戏似的指着自己的鼻子道,"惟我是无产阶级!"现在的人们既然神经过敏,听到"俄"字便要气绝,连嘴唇也快要不准红了,对于出版物,这也怕,那也怕;而革命文学家又不肯多绍介别国的理论和作品,单是这样的指着自己的鼻子,临了便会像前清的"奉旨申斥"一样,令人莫名其妙的。

对于诸君,"奉旨申斥"大概还须解释几句才会明白罢。这是帝制时代的事。一个官员犯了过失了,便叫他跪在一个什么门外面,皇帝差一个太监来斥骂。这时须得用一点化费,那么,骂几句就完;倘若不用,他便从祖宗一直骂到子孙。这算是皇帝在骂,然而谁能去问皇帝,问他究竟可是要这样地骂呢?去年,据日本的杂志上说,成仿吾是由中国的农工大众选他往德国研究戏曲去了,我们也无从打听,究竟真是这样地选了没有。

所以我想,倘要比较地明白,还只好用我的老话,"多看外国书",来打破这包围的圈子。这事,于诸君是不甚费力的。关于新兴文学的英文书或英译书,即使不多,然而所有的几本，一定较为切实可靠。多看些别国的理论和作品之后，再来估量中国的新文艺，便可以清楚得多了。更好是绍介到中国来；翻译并不比随便的创作容易，然而于新文学的发展却更有功，于大家更有益。

一九二九年

花边文学

流氓的变迁

孔墨都不满于现状,要加以改革,但那第一步,是在说动人主,而那用以压服人主的家伙,则都是"天"。

孔子之徒为儒,墨子之徒为侠。"儒者,柔也",当然不会危险。惟侠老实,所以墨者的末流,至于以"死"为终极的目的。到后来,真老实的逐渐死完,止留下取巧的侠,汉的大侠,就已和公侯权贵相馈赠,以备危急时来作护符之用了。

司马迁说:"儒以文乱法,而侠以武犯禁","乱"之和"犯",决不是"叛",不过闹点小乱子而已,而况有权贵如"五侯"者在。

"侠"字渐消,强盗起了,但也是侠之流,他们的旗帜是"替天行道"。他们所反对的是奸臣,不是天子,他们所打劫的是平民,不是将相。李逵劫法场时,抡起板斧来排头砍去,而所砍的是看客。一部《水浒》,说得很分明:因为不反对天子,所以大军一到,便受招安,替国家打别的强盗——不"替天行道"的强盗去了。终于是奴才。

满洲入关,中国渐被压服了,连有"侠气"的人,也不敢再起盗心,不敢指斥奸臣,不敢直接为天子效力,于是跟一个好官员或钦差大臣,给他保镖,替他捕盗,一部《施公案》,也说得很分明,还有《彭公案》,《七侠五义》之流,至今没有穷尽。他们出身清白,连先前也并无坏处,虽在钦差之下,究居平民之上,对一方面固然必须听命,对别方面还是大可逞雄,安全之度增多了,奴性也跟着加足。

然而为盗要被官兵所打,捕盗也要被强盗所打,要十分安全的侠客,是觉得都不妥当的,于是有流氓。和尚喝酒他来打,男女通奸他来捉,私娼私贩他来凌辱,为的是维持风化;乡下人不懂租界章程他来欺侮,为的是看不起无知;剪发女人他来嘲骂,社会改革者他来憎恶,为的是宝爱秩序。但后面是传统的靠山,对手又都非浩荡的强敌,他就在其间横行过去。现在的小说,还没有写出这一种典型的书,惟《九尾龟》中的章秋谷,以为他给妓女吃苦,是因为她要敲人们竹杠,所以给以惩罚之类的叙述,约略近之。

由现状再降下去,大概这一流人将成为文艺书中的主角了,我在等候"革命文学家"张资平"氏"的近作。

一九三〇年一月

花边文学

书籍和财色

今年在上海所见,专以小孩子为对手的糖担,十有九带了赌博性了,用一个铜元,经一种手续,可有得到一个铜元以上的糖的希望。但专以学生为对手的书店,所给的希望却更其大,更其多——因为那对手是学生的缘故。

书籍用实价,废去"码洋"的陋习,是始于北京的新潮社——北新书局的,后来上海也多仿行,盖那时改革潮流正盛,以为买卖两方面,都是志在改进的人(书店之以介绍文化者自居,至今还时见于广告上),正不必先定虚价,再打折扣,玩些互相欺骗的把戏。然而将麻雀牌送给世界,且以此自豪的人民,对于这样简捷了当,没有意外之利的办法,是终于耐不下去的。于是老病出现了,先是小试其技:送画片。继而打折扣,自九折以至对折,但自然又不是旧法,因为总有一个定期和原因,或者因为学校开学,或者因为本店开张一年半的纪念之类。花色一点的还有赠丝袜，请吃冰淇淋，附送一只锦盒，内藏十件宝贝，价值不资。更加见得切实，然而确是惊人的，是定一年报或买几本书，便有得到"劝学奖金"一百元或"留学经费"二千元的希望。洋场上的"轮盘赌"，付给赢家的钱，最多也不过每一元付了三十六元，真不如买书，那"希望"之大，远甚远甚。

我们的古人有言，"书中自有黄金屋"，现在渐在实现了。但后一句，"书中自有颜如玉"呢？

日报所附送的画报上，不知为了什么缘故而登载的什么"女校高材生"和什么"女士在树下读书"的照相之类，且作别论，则买书一元，赠送裸体画片的勾当，是应该举为带着"颜如玉"气味的一例的了。在医学上，"妇人科"虽然设有专科，但在文艺上，"女作家"分为一类却未免滥用了体质的差别，令人觉得有些特别的。但最露骨的是张竞生博士所开的"美的书店"，曾经对面呆站着两个年青脸白的女店员，给买主可以问她"《第三种水》出了没有？"等类，一举两得，有玉有书。可惜"美的书店"竟遭禁止。张博士也改弦易辙，去译《卢骚忏悔录》，此道遂有中衰之叹了。

书籍的销路如果再消沉下去，我想，最好是用女店员卖女作家的作品及照片，仍然抽彩，给买主又有得到"劝学"，"留学"的款子的希望。

一九三〇年二月

我和《语丝》的始终

同我关系较为长久的,要算《语丝》了。

大约这也是原因之一罢,"正人君子"们的刊物,曾封我为"语丝派主将",连急进的青年所做的文章,至今还说我是《语丝》的"指导者"。去年,非骂鲁迅便不足以自救其没落的时候,我曾蒙匿名氏寄给我两本中途的《山雨》,打开一看,其中有一篇短文,大意是说我和孙伏园君在北京因被晨报馆所压迫,创办《语丝》,现在自己一做编辑,便在投稿后面乱加按语,曲解原意,压迫别的作者了,孙伏园君却有绝好的议论,所以此后鲁迅应该听命于伏园。这听说是张孟闻先生的大文,虽然署名是另外两个字。看来好像一群人,其实不过一两个,这种事现在是常有的。

自然,"主将"和"指导者",并不是坏称呼,被晨报馆所压迫,也不能算是耻辱,老人该受青年的教训,更是进步的好现象，还有什么话可说呢。但是，"不虞之誉"，也和"不虞之毁"一样地无聊，如果生平未曾带过一兵半卒，而有人拱手颂扬道，"你真像拿破仑呀！"则虽是志在做军阀的未来的英雄，也不会怎样舒服的。我并非"主将"的事，前年早已声辩了——虽然似乎很少效力——这回想要写一点下来的，是我从来没有受过晨报馆的压迫，也并不是和孙伏园先生两个人创办了《语丝》。这的创办，倒要归功于伏园一位的。

那时伏园是《晨报副刊》的编辑，我是由他个人来约，投些稿件的人。

然而我并没有什么稿件，于是就有人传说，我是特约撰述，无论投稿多少，每月总有酬金三四十元的。据我所闻，则晨报馆确有这一种太上作者，但我并非其中之一，不过因为先前的师生——恕我僭妄，暂用这两个字——关系罢，似乎也颇受优待：一是稿子一去，刊登得快；二是每千字二元至三元的稿费，每月底大抵可以取到；三是短短的杂评，有时也送些稿费来。但这样的好景象并不久长，伏园的椅子颇有不稳之势。因为有一位留学生（不幸我忘掉了他的名姓）新从欧洲回来，和晨报馆有深关系，甚不满意于副刊，决计加以改革，并且为战斗计，已经得了"学者"的指示，在开手看 Anatole France 的小说了。

那时的法兰斯，威尔士，萧，在中国是大有威力，足以吓倒文学青年的名字，正如今年的辛克莱儿一般，所以以那时而论，形势实在是已经非常严重。不过我现在无从确说，从那位留学生开手读法兰斯的小说起到伏园气忿忿地跑到我的寓里来为止的时候，其间相距是几月还是几天。

"我辞职了。可恶！"

这是有一夜，伏园来访，见面后的第一句话。那原是意料中事，不足异的。第二步，我当然要问问辞职的原因，而不料竟和我有了关系。他说，那位留学生乘他外出时，到排字房去将我的稿子抽掉，因此争执起来，弄到非辞职不可了。但我并不气忿，因为那稿子不过是三段打油诗，题作《我的失恋》，是看见当时"阿呀阿唷，我要死了"之类的失恋诗盛行，故意做一首用"由她去罢"收场的东西，开开玩笑的。这诗后来又添了一段，登在《语丝》上，再后来就收在《野草》中。而且所用的又是另一个新鲜的假名，在不肯登载第一次看见姓名的作者的稿子的刊物上，也当然很容易被有权者所放逐的。

但我很抱歉伏园为了我的稿子而辞职，心上似乎压了一块沉重的石头。几天之后，他提议要自办刊物了，我自然答应愿意竭力"呐喊"。至于投稿者，倒全是他独力邀来的，记得是十六人，不过后来也并非都有投稿。于是印了广告，到各处张贴，分散，大约又一星期，一张小小的周刊便在北京——尤其是大学附近——出现了。这便是《语丝》。

那名目的来源，听说，是有几个人，任意取一本书，将书任意翻开，用指头点下去，那被点到的字，便是名称。那时我不在场，不知道所用的是什么书，是一次便得了《语丝》的名，还是点了好几次，而曾将不像名称的废去。但要之，即此已可知这刊物本无所谓一定的目标，统一的战线；那十六个投稿者，意见态度也各不相同，例如顾颉刚教授，投的便是"考古"稿子，不如说，和《语丝》的喜欢涉及现在社会者，倒是相反。不过有些人们，大约开初是只在敷衍和伏园的交情的罢，所以投了两三回稿，便取"敬而远之"的态度，自然离开。连伏园自己，据我的记忆，自始至今，也只做过三回文字，末一回是宣言从此要大为《语丝》撰述，然而宣言之后，却连一个字也不见了。于是《语丝》的固定的投稿者，至多便只剩了五六人，但同时也在不意中显了一种特色，是：任意而谈，无所顾忌，要催促新的产生，对于有害于新的旧物，则竭力加以排击，——但应该产生怎样的"新"，却并无明白的表示，而一到觉得有些危急之际，也还是故意隐约其词。陈源教授痛斥"语丝派"的时候，说我们不敢直骂军阀，而偏和握笔的名人为难，便由于这一点。但是，叱叭儿狗险于叱狗主人，我们其实也知道的，所以隐约其词者，不过要使走狗嗅得，跑去献功时，必须详加说明，比较地费些力气，不能直捷痛快，就得好处而已。

当开办之际，努力确也可惊，那时做事的，伏园之外，我记得还有小峰和川岛，都是乳毛还未褪尽的青年，自跑印刷局，自去校对，自叠报纸，还自己拿到大众聚集之处去兜售，这真是青年对于老人，学生对于先生的教训，令人觉得自己只用一点思索，写几句文章，未免过于安逸，还须竭力学好了。

但自己卖报的成绩，听说并不佳，一纸风行的，还是在几个学校，尤其是北京大学，尤其是第一院（文科）。理科次之。在法科，则不大有人顾问。倘若说，北京大学的法，政，经济科出身诸君中，绝少有《语丝》的影响，恐怕是不会很错的。至于对于《晨报》的影响，我不知道，但似乎也颇受些打击，曾经和伏园来说和，伏园得意之余，忘其所以，曾以胜利者的笑容，笑着对我说道：

"真好，他们竟不料踏在炸药上了！"

这话对别人说是不算什么的。但对我说，却好像浇了一碗冷水，因为我即刻觉得这"炸药"是指我而言，用思索，做文章，都不过使自己为别人的一个小纠葛而粉身碎骨，心里就一面想：

"真糟，我竟不料被埋在地下了！"

我于是乎"彷徨"起来。

谭正璧先生有一句用我的小说的名目，来批评我的作品的经过的极伶俐而省事的话道："鲁迅始于'呐喊'而终于'彷徨'"（大意），我以为移来叙述我和《语丝》由始以至此时的历史，倒是很确切的。

但我的"彷徨"并不用许多时，因为那时还有一点读过尼采的《Zarathustra》的余波，从我这里只要能挤出——虽然不过是挤出——文章来，就挤了去罢，从我这里只要能做出一点"炸药"来，就拿去做了罢，于是也就决定，还是照旧投稿了——虽然对于意外的被利用，心里也耿耿了好几天。

《语丝》的销路可只是增加起来，原定是撰稿者同时负担印费的，我付了十元之后，就不见再来收取了，因为收支已足相抵，后来并且有了赢余。于是小峰就被尊为"老板"，但这推尊并非美意，其时伏园已另就《京报副刊》编辑之职，川岛还是捣乱小孩，所以几个撰稿者便只好辩住了多瞪眼而少开口的小峰，加以荣名，勒令拿出赢余来，每月请一回客。这"将欲取之，必先与之"的方法果然奏效，从此市场中的茶居或饭铺的或一房门外，有时便会看见挂着一块上写"语丝社"的木牌。倘一驻足，也许就可以听到疑古玄同先生的又快又响的谈吐。但我那时是在避开宴会的，所以毫不知道内部的情形。

我和《语丝》的渊源和关系，就不过如此，虽然投稿时多时少。但这样地一直继续到我走出了北京。到那时候，我还不知道实际上是谁的编辑。

到得厦门，我投稿就很少了。一者因为相离已远，不受催促，责任便觉得轻；二者因为人地生疏，学校里所遇到的又大抵是些念佛老妪式口角,不值得费纸墨。倘能做《鲁宾孙教书记》或《蚊虫叮卵脬论》,那也许倒很有趣的,而我又没有这样的"天才",所以只寄了一点极琐碎的文字。这年底到了广州,投稿也很少。第一原因是和在厦门相同的;第二,先是忙于事务,又看不清那里的情形,后来颇有感慨了,然而我不想在它的敌人的治下去发表。

不愿意在有权者的刀下,颂扬他的威权,并奚落其敌人来取媚,可以说,也是"语丝派"一种几乎共同的态度。所以《语丝》在北京虽然逃过了段祺瑞及其叭儿狗们的撕裂,但终究被"张大元帅"所禁止了,发行的北新书局,且同时遭了封禁,其时是一九二七年。

这一年,小峰有一回到我的上海的寓居,提议《语丝》就要在上海印行,且嘱我担任做编辑。以关系而论,我是不应该推托的。于是担任了。从这时起,我才探问向来的编法。那很简单,就是:凡社员的稿件,编辑者并无取舍之权,来则必用,只有外来的投稿,由编辑者略加选择,必要时且或略有所删除。所以我应做的,不过后一段事,而且社员的稿子,实际上也十之九直寄北新书局,由那里径送印刷局的,等到我看见时,已在印钉成书之后了。所谓"社员",也并无明确的界限,最初的撰稿者,所余早已无多,中途出现的人,则在中途忽来忽去。因为《语丝》是又有爱登碰壁人物的牢骚的习气的,所以最初出阵，尚无用武之地的人，或本在别一团体，而发生意见，借此反攻的人，也每和《语丝》暂时发生关系，待到功成名遂，当然也就淡漠起来。至于因环境改变，意见分歧而去的，那自然尤为不少。因此所谓"社员"者，便不能有明确的界限。前年的方法，是只要投稿几次，无不刊载，此后便放心发稿，和旧社员一律待遇了。但经旧的社员介绍，直接交到北新书局，刊出之前，为编辑者的眼睛所不能见者，也间或有之。

经我担任了编辑之后，《语丝》的时运就很不济了，受了一回政府的警告，遭了浙江当局的禁止，还招了创造社式"革命文学"家的拼命的围攻。警告的来由，我莫名其妙，有人说是因为一篇戏剧；禁止的缘故也莫名其妙，有人说是因为登载了揭发复旦大学内幕的文字，而那时浙江的党务指导委员老爷却有复旦大学出身的人们。至于创造社派的攻击，那是属于历史底的了，他们在把守"艺术之宫"，还未"革命"的时候，就已经将"语丝派"中的几个人看作眼中钉的，叙事夹在这里太冗长了，且待下一回再说罢。

但《语丝》本身，却确实也在消沉下去。一是对于社会现象的批评几乎绝无，连这一类的投稿也少有，二是所余的几个较久的撰稿者，过时又少了几个了。前者的原因，我以为是在无话可说，或有话而不敢言，警告和禁止，就是一个实证。后者，我恐怕是其咎在我的。举一点例罢，自从我万不得已，选登了一篇极平和的纠正刘半农先生的"林则徐被俘"之误的来信以后,他就不再有片纸只字;江绍原先生介绍了一篇油印的《冯玉祥先生……》来,我不给编入之后,绍原先生也就从此没有投稿了。并且这篇油印文章不久便在也是伏园所办的《贡献》上登出,上有郑重的小序,说明着我托辞不载的事由单。

还有一种显著的变迁是广告的杂乱。看广告的种类,大概是就可以推见这刊物的性质的。例如"正人君子"们所办的《现代评论》上,就会有金城银行的长期广告,南洋华侨学生所办的《秋野》上,就能见"虎标良药"的招牌。虽是打着"革命文学"旗子的小报,只要有那上面的广告大半是花柳药和饮食店,便知道作者和读者,仍然和先前的专讲妓女戏子的小报的人们同流,现在不过用男作家,女作家来替代了倡优,或捧或骂,算是在文坛上做工夫。《语丝》初办的时候,对于广告的选择是极严的,虽是新书,倘社员以为不是好书,也不给登载。因为是同人杂志,所以撰稿者也可行使这样的职权。听说北新书局之办《北新半月刊》,就因为在《语丝》上不能自由登载广告的缘故。但自从移在上海出版以后,书籍不必说,连医生的诊例也出现了,袜厂的广告也出现了,甚至于立愈遗精药品的广告也出现了。固然,谁也不能保证《语丝》的读者决不遗精,况且遗精也并非恶行,但善后办法,却须向《申报》之类,要稳当,则向《医药学报》的广告上去留心的。

我因此得了几封诘责的信件，又就在《语丝》本身上登了一篇投来的反对的文章。

但以前我也曾尽了我的本分。当袜厂出现时，曾经当面质问过小峰，回答是"发广告的人弄错的"；遗精药出现时，是写了一封信，并无答复，但从此以后，广告却也不见了。我想，在小峰，大约还要算是让步的，因为这时对于一部分的作家，早由北新书局致送稿费，不只负发行之责，而《语丝》也因此并非纯粹的同人杂志了。

积了半年的经验之后，我就决计向小峰提议，将《语丝》停刊，没有得到赞成，我便辞去编辑的责任。小峰要我寻一个替代的人，我于是推举了柔石。

但不知为什么，柔石编辑了六个月，第五卷的上半卷一完，也辞职了。

以上是我所遇见的关于《语丝》四年中的琐事。试将前几期和近几期一比较，便知道其间的变化，有怎样的不同，最分明的是几乎不提时事，且多登中篇作品了，这是因为容易充满页数而又可免于遭殃。虽然因为毁坏旧物和戳破新盒子而露出里面所藏的旧物来的一种突击之力，至今尚为旧的和自以为新的人们所憎恶，但这力是属于往昔的了。

十二月二十二日

鲁迅年谱

· 1881 年

八月初三（公历 9 月 25 日），出生于浙江绍兴城内东昌坊口一个姓周的书香门第。小名阿张，本名樟寿，字豫才，后改名树人。至三十八岁，始用鲁迅为笔名。

· 1886 年

七岁入家塾读书，从叔祖玉田先生初诵《启蒙鉴略》。

· 1896 年

九月初六父伯宜公卒，年三十七。父卒后，家境益艰。

· 1898 年

5 月至南京江南水师学堂学习，10 月转入江南陆师学堂附设矿务铁路学堂学习。

· 1899 年

正月，改入江南陆师学堂附设路矿学堂，对于功课并不温习，而每逢考试辄列前茅。课余辄读译本新书，尤好小说，时或外出骑马。

· 1901 年

路矿学堂毕业。

· 1902 年

3月，由江南督练公所派赴日本留学，入东京弘文学院。课余喜读哲学与文艺之书，尤注意于人性及国民性问题。

· 1903 年

为《浙江潮》杂志撰文。秋，译《月界旅行》毕。

· 1904 年

六月初一日，祖父介孚公卒，年六十八。八月，往仙台入医学专门学校肄业。

· 1906 年

7月回家，与山阴朱女士结婚。同月，复赴日本，在东京研究文艺，中止学医。

· 1907 年

夏，拟创办文艺杂志，名曰《新生》，以费拙未印，后为《河南》杂志撰文。

· 1908 年

从章太炎先生炳麟学，为"光复会"会员，并与二弟作人译域外小说。1908年2月始《摩罗诗力说》连载于《河南》月刊第2、3号，支出《坟》。

8月《文明偏至论》发表于《河南》月刊第7号，支出《坟》。

· 1909 年

3月、7月,与二弟周作人合译的《域外小说集》第1集和第2集分别出版。

8月结束日本留学生活回国。

9月任浙江两级师范学堂化学及生理学教员,兼任日本教员铃木珪寿的植物学翻译。

· 1910 年

9月兼任绍兴府中学堂监学。

· 1911 年

10月绍兴光复,任绍兴师范学校校长。冬,写成第一篇试作小说《怀旧》,阅二年始发表于《小说月报》第四卷第一号。

· 1912 年

2月离开绍兴到南京临时政府教育部任部员。

5月北上,任北京教育部部员。

8月被任命为教育部社会教育司第一科科长。

· 1918 年

自5月开始创作以后,源源不绝,其第一篇小说《狂人日记》,以鲁迅为笔名,载在《新青年》第四卷第五号,抨击家族制度与礼教之弊害,实为文学革命思想之急先锋。

8月《我之节烈观》发表于《新青年》第5卷第2号,支出《坟》。

9月《随感录·二十五》发表于《新青年》第5卷第3号,支出《热风》。

・1919 年

4月《孔乙己》发表于《新青年》第6卷第4号,支出《呐喊》集。

5月《药》发表于《新青年》第6卷第5号,支出《呐喊》集。

本月《随感录·五十七·如今的屠杀者》发表于《新青年》第6卷第5号,支出《热风》。

11月《我们现在怎样做父亲》发表于《新青年》第6卷第6号,支出《坟》。

・1920 年

9月《风波》发表于《新青年》第8卷第1号,支出《呐喊》集。

・1921 年

5月《故乡》发表于《新青年》第9卷第1号,支出《呐喊》集。

12月《阿Q正传》连载于4日至1922年2月12日《晨报副刊》,支出《呐喊》集。

・1923 年

8月《呐喊》集由北京新潮社出版,为新潮社文艺丛书之一。

12月《中国小说史略》(上卷)由北京新潮社出版。

・1924 年

3月《祝福》发表于《东方杂志》第21卷第6号,支出《彷徨》集。

同月《肥皂》发表于27日、28日《晨报副刊》支出《彷徨》集。

5月《在酒楼上》发表于《小说月报》第15卷第5号,支出《彷徨》集。

6月《中国小说史略》(下)由北京新潮社出版。

·1925年

4月《春末闲谈》发表于《莽原》周刊第1期,支出《坟》。

同月《夏三虫》发表于《京报》副刊《民众文艺周刊》第16号,支出《华盖集》。

5月《灯下漫笔》发表于《莽原》周刊第2、5期,支出《坟》。

8月《论睁了眼看》发表于《语丝》第38期,支出《坟》。

10月作《孤独者》未另发表,支出《彷徨》集。

同月作《伤逝》,未另发表,支出《彷徨》集。

11月《离婚》发表于《语丝》第54期,支出《彷徨》集。

同月《热风》集由北京北新书局出版。

·1926年

1月《论"费厄泼赖"应该缓行》发表于《莽原》半月刊第1期,支出《坟》。

2月《一点比喻》发表于《莽原》半月刊第4期,支出《华盖集续编》。

4月《记念刘和珍君》发表于《语丝》第74期,支出《华盖集续编》。

6月《华盖集》由北京北新书局出版。

8月《彷徨》集由北京北新书局出版。

9月由北京抵厦门,任厦门大学国文系教授兼国学研究院教授。

·1927年

1月辞厦大职,赴广州,任中山大学文学系主任兼教务主任。

3月《坟》由北京未名社出版。

4月辞中山大学一切职务。

本月作《庆祝沪宁克复的那一边》,载5月5日《国民新报》副刊《新出路》第11号。

同月始《眉间尺》连载于《莽原》第2卷第8、9期。1933年《自全集》出版时易名为《铸剑》,支出《故事新编》。

5月《华盖集续编》由北新书局出版。

8月《魏晋风度及文章与药及酒之关系》发表于11—13日、15—17日广州《民国日报》副刊《古代青年》,支出《而已集》。

9月与许广平一同离广州往上海。

11月《略论中国人的脸》发表于《莽原》半月刊第2卷第21、22期合刊,支出《而已集》。

·1928年

10月《而已集》由上海北新书局出版。

·1930年

3月《"硬译"与"文学的阶级性"》发表于《萌芽》月刊第1卷第3期,支出《二心集》。

同月出席中国左翼作家联盟成立大会。《对于左翼作家联盟的意见》,发表于4月出版的《萌芽》第1卷第4期,支出《二心集》。

5月《"丧家的""资本家的乏走狗"》发表于《萌芽》第1卷第5

期，支出《二心集》。

· 1931 年

12月《"友邦惊诧"论》发表于《穷乡僻壤》第2期，支出《二心集》。

· 1932 年

9月《三闲集》由上海北新书局出版。

10月《二心集》由上海合众书店出版。

· 1933 年

4月《两地书》由上海青光书局出版。

同月《为了忘却的记念》发表于《古代》第2卷第6期，支出《南腔北调集》。

同月《古代史》发表于8日《申报·自由谈》支出《伪自由书》。

5月《文章与标题》发表于5日《申报·自由谈》，支出《伪自由书》。

6月《二丑艺术》发表于18日《申报·自由谈》，支出《准风月谈》。

10月《伪自由书》由北新书局化名青光书局出版。

· 1934 年

3月《南腔北调集》由上海同文书店（原联华书局）出版。

· 1935 年

1月译苏联班台莱耶夫童话《表》并于1935年7月由生活书店出版。

2月开始译俄国果戈里《死魂灵》，2月《病后杂谈》发表于《文学》月刊第4卷第2号。

4月《十竹斋笺谱》第一册印成，5月《弄堂生意古今谈》发表于《漫画生活》月刊第9期。同月《集外集》由上海群众图书公司出版。

6月编选《新文学大系》小说二集并作导言毕，印成。

9月高尔基作《俄罗斯的童话》译本印成。

10月编瞿秋白遗著《海上述林》上卷。

11月续写《故事新编》。

12月整理《死魂灵百图》木刻本，并作序。同月作《采薇》《起死》。

· 1936年

1月《故事新编》由上海文化生活出版社印行。

2月《阿金》发表于《海燕》月刊第2期，支出《且介亭杂文》。

6月《花边文学》由上海联华书局出版。

9月《死》发表于《中流》半月刊第1卷第2期，支出《且介亭杂文末编》。

10月《半夏小集》发表于《作家》月刊第2卷第1期。支出《且介亭杂文末编》。

同月《女吊》发表于《中流》半月刊第1卷第3期，支出《且介亭杂文末编》。

10月17日作《因太炎先生而想起的二三事》，这是鲁迅最后一篇未完成文稿。

10月19日上午五时二十五分去世。